城中村——陈忠村诗歌作品

70后·印象诗系

城中村——陈忠村诗歌作品 | 陈忠村 著

黄河出版传媒集团
阳　光　出　版　社

图书在版编目（CIP）数据

城中村：陈忠村诗歌作品/陈忠村著. -- 银川：
阳光出版社，2014.3
（70后·印象诗系）
ISBN 978-7-5525-1214-4

I. ①城… II. ①陈… III. ①诗集—中国—当代
IV. ①I227

中国版本图书馆CIP数据核字（2014）第056418号

城中村——陈忠村诗歌作品 　　　　　　　　　　　陈忠村 著

责任编辑　赵维娟　谢　瑞
封面设计　蒋　浩
责任印制　郭迅生

黄河出版传媒集团
阳　光　出　版　社　出版发行

地　　址	银川市北京东路139号出版大厦（750001）
网　　址	http：//www.yrpubm.com
网上书店	http：//www.hh-book.com
电子信箱	yangguang@yrpubm.com
邮购电话	0951-5044614
经　　销	全国新华书店
印刷装订	宁夏捷诚彩色印务有限公司
印刷委托书号	（宁）0011559
开　　本	880mm×1230mm　1/32
印　　张	6
字　　数	120千字
版　　次	2014年3月第1版
印　　次	2014年3月第1次印刷
书　　号	ISBN 978-7-5525-1214-4/I·420
定　　价	26.00元

《70后·印象诗系》编辑说明

臧棣

当代诗歌的进程中，70后诗人的出场，随之而来的迅猛崛起，确乎超出了很多人的预料，不仅诗歌读者感到意外，而且诗歌界内部也感到意外。对有些诗人来讲，由于70后诗人的登台，原先似乎清晰可辨的当代诗歌发展的脉络变得模糊起来，甚至变得无从把握。原来设想的从始于1970年代的地下诗，延伸到朦胧诗，再转换到第三代诗歌，并进而扩展到后朦胧诗的这一当代诗歌的谱系，本来就在上世纪90年代的诗歌中遭遇了离析，但在诗歌史的评述上似乎还有折中的办法。而70后诗人的星火燎原，则彻底捻灭了人们对修复原先的当代诗歌谱系的动机和可能。

７０后诗人对当代诗歌谱系的震撼真的会如此强烈吗？很多人会对此持怀疑态度。就在几年前，在很多评论者的眼中，70后诗人还被看成是当代诗歌日趋堕落和轻浮的一个标志。他们的诗歌和立场被强行按在市场和物质的道德背景里经受灵魂的拷问。没有历史感，缺少人文抱负，缺少精神关怀，沉迷色情意象，流于日常的琐屑，口语化甚至口水化等等。这些围绕着70后诗人的指责和抱怨，与其说是对70后诗人的写作水准的不满，不如说是借着不满来巧妙地巩固着一种陈旧的诗歌史的观念。

问题不在于70后诗人写得有多出色，虽然他们中有许多人越写越好，早已走出了前几代诗人的阴影。问题也不在于70后诗人是否找到了有别于前几代诗人的诗歌领域，虽然他们的诗歌疆域将会宽广得令当代诗歌史吃惊。我觉得，70后诗人对当代中国诗歌的真正意义在于他们的出场和崛起，不仅彻底改变了人们对当代诗歌走向的预设，而且也在很大程度上改变了当代诗歌的可能性。与朦胧诗人和上世纪60年代出生的诗人相比，70后诗人所受的教育最完整，几乎没受到政治运动的扰乱。更重要的是，他们的诗歌能力都是在中国社会的转型期里发展起来的。这使得他们的视野，他们的想象力，他们的诗歌感官与前几代诗人存在着根本的不同。这种差异，一直到现在都被诗歌界忽略着，甚至被70后诗人自己忽略着。

　　70后诗人在改变当代诗歌的面貌的同时，也引发了很多关于当代诗歌的新的问题。他们的写作会让我们重新反思当代诗歌的起点问题，也会促使我们考量不同的诗歌路径的问题。此外，对当代诗歌的代际关系，他们的写作提供了新的不同以往的挑战。他们对当代社会的物质性的回应远远超出了前几代诗人，其中有曲折，有小打小闹，但也不乏新颖大胆和卓有建树的探索。我以为更重要的是，他们通过一代人的创作展示了当代诗歌的新的能量和自信。

　　这套诗系，或许能让人们从更多的侧面了解70后诗人是如何出牌的。

寒来暑往，夜短昼长

茉莌

　　我和陈忠村认识已长达八个寒暑。这些年来，我们之间互相的称呼也变过好几次。就年龄而言，他大我一轮，是我的老哥；就同为诗人这点来说，他自然比我"出道"要早；就社会身份而言，我刚到上海念书时，他已工作多年。少年时的坎坷经历，使他觉得迟早要找个好学校念书，把过去没实现的补回来。于是，在前几年，又考到同济大学攻读美学(艺术哲学)的博士，师从孙周兴教授，成了比我晚半年读博士的同系学弟。因为以上缘故，在不同的场合，我时而是他的老弟，时而又是他的学兄，时而称他"陈兄"，时而喊他"忠村"。

　　互相称呼的变化，在我们的文化里，历来不算什么好事，因为这暗含着因地位和相互关系的改变而做出的适时变换，通常意味着前倨后恭或"一阔脸就变"，但我们俩都不是那种人。虽然在写作的路子上差异很大，所受的教育和一些价值取向，实话说，也不很一样。不过，我们都出身乡村，并且不讳言自己的出身，如今都寄居于上海这座中国最具现代性的都市。对乡村的留恋之情，我可能基本没有了，而他却心心念念。即便是在物质上成为"城里人"了，在心理和文化上，还是将他居住的那一片上海的土地视作是乡下。于是，他现在出的这本诗集，书名就叫《城中村》。

　　我如今以同学的身份来做这篇序文，却是有些惴惴不安的。给人作序，吾国传统，向来是"坦言好话，莫论观点"。我想若是这样，那序与不序也没什么区别，何况我也不是什么名家，没什么好让忠村沾光。要我作序，大抵还是希望言出真心，于是决定老实谈谈自己的看法。

诗集《城中村》收录了忠村近几年的新作、早年的二十多首旧作、十多首被译成英文的作品，以及写于2010年前后的组诗《短夜》（节选），称得上是他写作近二十年来的一次大总结。他的写作，也基本围绕着"城中村"这个不是概念的"概念"，写乡村，写城市，写劳作和休憩，写自己一路的打拼和如今的领悟。什么是"城中村"？它是镶嵌在城市中的乡村，是农业文明和乡村审美投射在现代工业美学上的一缕不安的阴影和温情的提示。它出入昼夜之间，喘息于车水马龙之缝隙，像太极图黑白两色中镶嵌的那两点阴阳鱼。

昼和夜，以及它们的抽象形态黑与白、阴与阳，正是太极的一体两面。万物的生灭植根于这造化二重性之上，白昼劳作，夜晚栖居，世界才得以运行如常。昼是夜的孪生，夜则是昼取之不竭的"美的阴影"，它们相互制衡和妥协，在黄昏和黎明，交接着造物的秘密及权柄。昼属于形式主义、古典主义和视觉艺术，生发于昼的诗人和诗学则享有尼采所谓"用日神的名字统称美的外观的无数幻觉"；夜则是让世界浸入宁静的倪克斯一手拉开的源自冥府的大幕，它怀揣浪漫主义的火种，接受属于它的诗人们献上的吟唱，并借这吟唱点燃自身。

但在诗人们那里，夜又何其短。李白虽然哀叹"昼短苦夜长"，却也在对月色的迷醉中不知不觉缩短了属于黑暗的时间甬道。这匆忙的、供劳作之人休憩的夜总是遍布诗人眷顾的目光，它拥有豪饮苦艾酒的诗人魏尔伦（Paul-Marie Verlaine）《皓月》中"星光闪烁的苍穹"，也填充着以现代城市永远的"外乡人"身份自居的诗人陈忠村《短夜》里"那缕故乡旧的月光"。它如此短促，一如人生的白昼，甚至来不及在其间做真正的存在之思。忠村在诗里说"生命的重量之轻如夜色"，而被诗人拿来安放身心的夜色，又何由承担这存在之重？

他不断在诗里提及故乡，他的村庄、童年和如今安稳生活的另一面，将它们，这些有关回忆和反思的语词，置入到夜的语法之中，熔铸成一个个质朴的短语和长句。他努力在写一首有关白昼漫长劳作和黑夜短暂休憩的诗，将自己的灵魂安放到永恒称量的托盘之上，用这堪比生命之轻的夜色来尺衡。这些随意写下却别有怀抱的诗篇，在形制上一如它们的标题，有着夜的短促和不经修葺。它们中的不少东西，也略带"政治正确"的可疑面目，且说不定还是不少批评家们拿来挥舞"底层叙事"这把"万能武器"的最佳材料。但它们中剩下的那属于大多数的部分，却也是一个诗歌赤子袒露内心隐秘楼阁的必由之梯，而陈忠村，这位如今的物质上的中产者，在内心却还依然抱持着早年身为乡下少年时候的那份羞涩和诚意。

在这种羞涩的诚意上，我们大抵是相通的，只不过表现的手段不一样。我们合作编辑过一部《同济十年诗选》，海上诗歌前辈王小龙曾拿着这部书跟我说，他觉得忠村的诗，当得起"朴拙"二字，他喜欢这种朴拙之美。权且不论诗歌应当怎么样（这涉及美学上的取向问题），王小龙评价里的这两个字，我没有做到。当代诗歌三十年来异彩纷呈，就是单论这出生于1970年代的诗人，也各有各的热闹，宛如一片灯盏，点亮了暗夜。忠村的诗，在我看来，未必敢称得上这代人中的最好作品（以他的自谦品格，即便是心喜于朋友们的夸赞，也不会谵妄到有这样的自我认知），但至少有在这片暗夜的光亮中贡献一朵烛火的资格。

是为序。

2013年初冬于沪上同济

注：茱萸，诗人，随笔作家，青年批评家。著有诗集《仪式的焦唇》、随笔集《浆果与流转之诗》。

目录

1992年8月—2006年12月诗选

1992年8月—2006年12月诗选（英汉对照）

2013年的诗

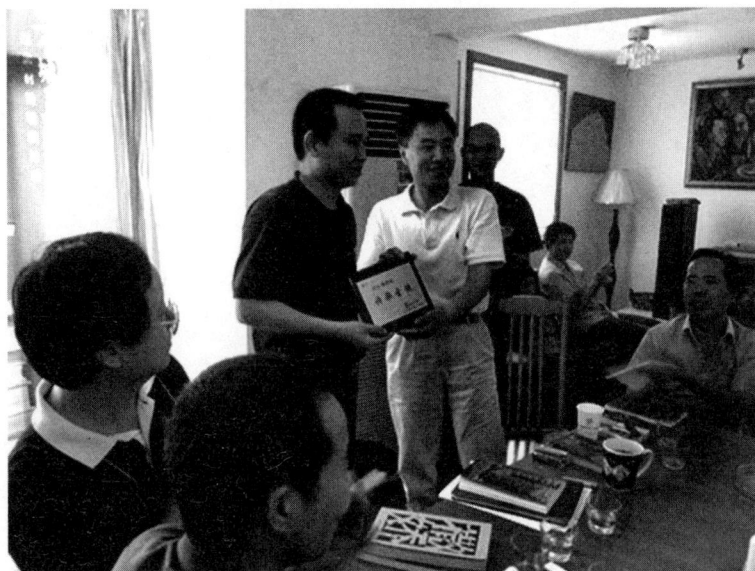

2005年上海撒娇诗院举办的陈忠村诗歌批评会上，著名诗人严力代表组委会向陈忠村颁发"诗歌圣徒"奖牌

卷入风中的一些词语

卷入风里是因为有风
树也在风中　想起一些词语
在路上　虽然我有讲话的能力
却没有能与你交流的语言

蔬菜上的虫毒死了一只飞鸟
鸟的肚中可能还有一颗发芽的种子
这些现象和你我都有关系
我能量裁出衣服　却长不出翅膀

秋的树叶请快落下
要快！夜间的梦游者
光着脚
能把路的脸烫伤

几片落叶搅乱了风
落山的太阳光变得有些凉
思念是那颗星　提前高升了16米
一只流浪的猫看着我不肯离开
卷入风中的词语伸开腿和脚
躺在月光下像故乡一样安静

写于2012年秋
改于2013年春

假象与画面

画面显示的真　是一种假象
自然背后没有多少解开的秘密
我们把可怜的眼睛放在视线之外

灯笼在阳光下是一个摆件
脚印已经带起尘土流动
风就是这样飘来又忽去
蝴蝶在你们争吵的时候长出翅膀
作茧自缚是死的另一种生
灯笼亮了　在时间发黑的空间里
一张画布上发出语言的交流
那缕炊烟已经枯瘦成两根线条

2013.3.18

4

一扇打不开的窗

初春里是想留住谁？雨多路堵
枝上的花开始让绿叶代替
乡下的母亲打来电话叮嘱
多穿衣少喝酒　别闯祸

真不想留在城市中　我的这双手
已经失去勤劳耕地的功能
城，你还没有承认我是你的市民
这一扇窗怎么也打不开

初春里，是想留下我
我是母亲的影子　带着她梦的余热
能多收入些就多收入些
让故乡多病的母亲留住几个春日

春里，怒放的花开始降落
有一枚叶子已经站立在枝上

2013.3.25

故乡，是缓解疼痛的幻影

鸟儿归巢　大地
理论上讲所有的羽毛可以计算
故乡，它只是缓解疼痛的幻影
垒起来的夜色　平整得无缝可钻

我开始流露出无知的一面
星星不愿意直接与我交谈
请记住，有一天我也会升起
在你的天空上方盘旋

我的姿势太重　轻轻一站
身边那棵长大的草已经弯下身来
我曾经用我的名字给它命名
风中，它的体温传递着大地的热度

我和母亲的语音没有什么区别
只是她讲的时候少　望着我的时候多
大地，归巢的鸟又飞走了
少言寡语的那棵树在我面前晃了三次头

2013.3.28

一块瓜皮　倾斜13度

天褪去黑色　它肯定不是为了我
我也不是第一个看见它发亮
真的，我不是在等
是路太长　让你无法回来

奔跑　我搅乱早晨的宁静
不肯躲在树叶下与虫子争宠
一块瓜皮　倾斜13度趴在地上
"踩"过去，不仅是一个动词

我听到了你命令的声音
突然间　天真的亮了

2013.9.17

草在长　花在开

春天消失了　草还在长
早开的花是想让春再看一眼
水天成一色仿佛在排练明天的怀念
你讲　伤感是前世神秘的化身

我要记住小麦是在夏天收割
与秋的丰收没有因果
距离是一组不可测量的数据
被你收在光阴的布袋中

是白天污染了黑夜
春天走了可以预约
我走了呢　不会再归来
只有草在长 花在开

2013.10.3

夜的黑色把我吞噬

时间不像车辆它拒绝停下来
我的抗议是车后的烟落地无声
绝望的不是错过那场雨
只是雨前的风吹掉了一枚树叶
那是我上帝的藏身之处

我双脚踩地　大地却不言语
风平静了　我还要走
整条路你都送给了我
仔细看　夏天里也有落叶

空中的鸟在飞翔
树上的叶子还在成长
夜的黑色把我吞噬
我在梦乡　叶落满地

2013.10.6

1999年陈忠村在淮河蚌埠闸项目工地

2012年陈忠村在长江常熟项目工地

2012年的诗

2013年陈忠村与画家光胜和张强在上海艺术博览会·陈忠村展厅

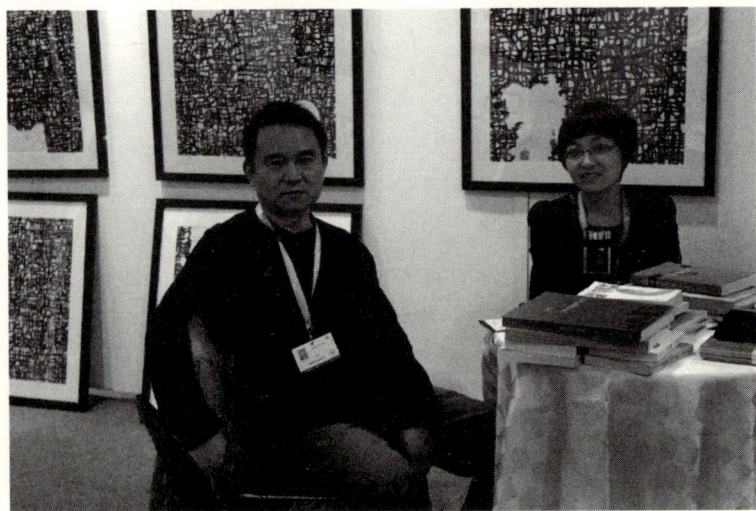

2013年陈忠村和妻子孙莉在上海艺术博览会·陈忠村展厅

醉酒后的故乡

我起床的时候把故乡放在地图里
回来时它已经在规划中消失
晚饭没有开始　抬头
有一种醉酒后的空白
脑海中推土机压过的车轮很清晰
城市在疯狂地成长　疼在隐藏处

云能把风压底
贴地行走　和我
小麦田中相遇
后来把我送到路上

梦是今夜最美的时间
醒来，门口的一声狗叫
让我知道这是在故乡孙庄
天还没有亮　月光如银

2012.2.2

对自己讲　我就是茶

同情在开水中泡过八次的茶叶
想象到那棵茶树在春天的茫然
采茶人把叶子疼痛地掐下来
让它的伤口在体内偷偷地愈合

我要找一个安静的风口
寻找河中可以形成雨的水
它可能变成茶树　也可能成为茶水
最温暖的事　是满身的汗在风中

站着，我不讲话
默默模仿着
一片被开水泡过八次的茶
我就是茶　对自己讲

2012.2.4

合上眼睛　疗治自己

闯进我视线范围内的不是乱舞的噪音
一枚半开的小黄花在水面上旋转
春天的雨滴像石子一样冰凉
落花在河景中没有春意

合上眼睛　疗治自己
草木的花也是花
是什么让它过早地倾入土中
春天中不全是希望的场景

它不存在了 在一分钟之后
开始起风　雨要停
我想它们可能创造着生机
辜负了一个诗人的祈祷

今年春天　你的消失
给我一份很沉重的悲伤

2012.2.10

我是故乡早夭的长子

在故乡　只有在故乡
我才能把血液流回心脏
天空的蓝是虚的
只有这种无才是真

我是故乡早夭的长子
初春　来城市谋生
故乡低矮的房子藏在背后
我用方言常给它交流

一个常在午夜换班的人
星光对他没有任何作用
风带来的寒气不像春天
听着机器的叫声　在岗位上

天空，一夜之间
又蓝了
不在故乡
我偷偷地让心灵调整一下

2012.2.14

一粒发芽的种子

寒风是我的资产
寄养在雪山中的悬崖下面
我的腿在路上行走
磨破鞋底脚才有露面的机会

我在城里捡到想回家的种子
匆忙的路人看不到它们
它是打工者从乡下带来的
很多被遗弃在工厂边流浪

母亲的眼睛看不到它们
就大声喊她　让她用手抚摸
数着数　努力地做着标记
还没来得及种下　她就没了

春风是母亲的资产
仿佛是母亲的手　暖暖的
那粒发芽的种子
悄然站了起来

2012.2.20

想逃　却不愿意搬出这栋楼

那是18层楼第九个窗户的光
复活了这条路的灯
共用一个电网　我与你
我唯恐开灯加大了电流
就这样关闭一切用电的东西
我像一只飞蛾粘在网上
想逃　却不愿意搬出这栋楼
痛苦来自相见的源头
在楼里　宁静的楼上
黑夜里我暗藏很多罪恶

万物被黑夜笼罩着
灯，今夜所有的星星为你站岗
在你上楼的时候
我必须把自己点亮

2012.3.20

隐蔽是为了更好地燃烧

害怕极了
系在光上的绳子会不会燃烧
害怕极了
刚刚抚平云的缝隙会不会再现

我害怕灯光让夜变得不再黑
窗外，踩到了那棵枯死的草
把它扶直后，却惊奇地发现
靠它的色彩可以愈合受伤的文字

火是有分量的
特别是无烟的火
隐蔽
是为了更好的燃烧

2012.3.28

一亩虚构的玉米田

我有一亩虚构的玉米田
珍藏在32至33号楼之间
站在25层楼上往下浇水
发现田中的禾苗已被烫伤

上楼时从未遇到过熟悉的邻居
想在最近的地方找一桶冷水
发热的土地需要它降一些温
邻家的门没有敲开一家　路灯
占据着星星的位置亮着

我是人　却杀生食肉
不是神也能居住在空中的房间
真想归还上次从大地偷来的种子
却发现它在另一张纸上
在虚构的玉米田里发出了芽

2012.4.1

闪电的缝隙是新生的路径

"现在如何丑陋 它都是新生"
一个声音挂在夕阳的残景中

我与新生并肩行走
活着由于奔跑赶走忧虑

树把土壤撕开让根扎进来
叶子把树皮撑破露出小脸
我双手合十肯定为它们祈福
脚下的蚂蚁正期待我的离开

我知道毁灭肯定会来
最后一片雪花融化在初春的枝头
乌云笼罩着天空
闪电的缝隙是新生的路径

活着，因有新生而快乐
雨水正落在田地的干枯上

2012.4.21

路过和错过差的不是一个字

路过和错过就差一个字

错过是一个火炉
烧吧，把侵入骨中的锈
都烧成灰

路过——
试图遇见
雨中，印在水珠上的汉字

路过
和错过
差的不仅仅是
——一个汉字

2012.4.7

母亲老了，我对花儿讲
——2012年4月29日陪母亲看医生有感（给母亲）

落花是花生命的第二次开放
它不仅对着绿叶和树枝微笑
更是对泥土和深处根的回敬

母亲老了，腰弯下来
扶着她站在X光机前
她站着，医生给她检查身体
腰骨弯曲成一个扭折的树干

母亲的腰弯下来
扶着她走一段路，她有些累
正如她当年背着我收棉花
我是母亲身上掉下4斤8两重的肉
她守护着我的现在和过去

落花是树成长的标志
弯腰的母亲是暴露在地面上的树根
风吹干了她的水分和优美的姿势
母亲老了，我对花儿讲

2012.4.29

天空的遥望是没有词的曲

星星闪烁的时候 我推断出
人是神死后变成的鬼
孤独和无助是对人惩罚
对天空的遥望是没有词的曲

黑夜为庆祝白天的死亡
就让星星和树叶舞动
墓前，碑的后面还没有刻上文字
在等我的灵魂学完礼节归来

五枚钢钉把星星钉在黑锅上
把灵魂走向肉体的路让开
等待再等待就是逃避又逃避
一条浅浅的裂缝达到天河的宽度
别理我，我在破碎
焦虑中等待 归来的你

2012.5.1

城里 谁是我的守护神

将要封冰池塘最后的三尺水面
是冬天鱼儿的天堂里的地狱
渔网和钢叉都为之所动
垂死挣扎的鱼从没有蹦出我的视线

逗留在多年的城市
错认为能敲开生活的门
左邻右舍除了仅有的一丝微笑
谁也说不出对方的姓与名
我知道私吞幸福是罪恶之源
路灯真好 我看到十米远的路

清楚地记住鱼的叫声
像冰被重锤砸开裂口一样干脆
城里 谁是我的守护神
肯定是故乡池塘中那群游泳的鱼

我记得当年捕鱼的中年人已经老了
躲在鱼身后的孩子 正长成青年

2012.5.7

尘世是我美丽的天堂

桃花，有一枝始终不落
四季被它熔铸成风雨雷电
无人面对的时候，我就对着镜子
举办一场没有新娘的婚礼

身体最虚弱的是我，光天化日之下
你让我胆怯的灵魂出窍
风在午夜里，倚在树边安静下来
那盏灯光已经走远或消失

机会是桃树上的花
开的时间短，经历的风雨多

一定有很多人把它忘记
更多的落花是不可能燃烧
尘世是我美丽的天堂
好好地爱着那一场相遇

2012.5

灵魂把我葬在路灯中

路灯亮着 在午夜
是对资源最大的糟蹋
没有车行没有鸟飞　睡不着
我让灵魂出来陪路灯站着

我所回忆的故乡应是没有电灯
勤劳的萤火虫是飞舞的童年
奶奶讲的故事略长于父亲的呼噜声
窗户上的纸可以阻挡冬天的寒风

现在的电视正转播一场足球赛
观众的叫声让灯光忽明忽暗
我用手又摸一下今天的工资单
谁能知道我的阳台已经高于故乡的炊烟

保持这种姿势也是对异乡的敬重
今夜，灵魂把我葬在路灯中

2012.5

我的翅膀折断成滴水的形状

月亮的圆与缺是宇宙恩赐给我的风景
你我的合与分只是月亮反馈的幻想和现实

你，最初的羞涩把我的记忆欺骗
脚把我放在陷阱中用来惶恐
童话　剧本和小说都不是真实
我的生活比艺术精彩

谁都不能看到一个抽象的月亮
我却制造一个煎烤自己的空间
没有人能成为一只真正飞翔的鸟
我的翅膀已经折断成滴水的形状

月全食是生活中罕见的美丽
虚幻的场景在天空下来回呈现
虽然没有了你　但我还在
抬着头　睁着眼——看！

2012.07.11

我的前世是只候鸟

翅膀上尽可能找到自己的羽毛
期望它对飞翔能带来一些作用
地面上的琐事太多
太低的飞行无法前进

我把多余放下　把重量丢弃
这场雨　我却逃不出
呈现给你的是只落汤鸟
隐藏在羽毛里的语言无法打开

此刻重逢在七月的中旬
实在带给我的是惊喜
容易吗？陌生的城市中故人相遇
我只能低着头一根根地整理羽毛

可能我的前世真是只候鸟
迁徙中被你的猎枪击中
你亲自拔光了我的羽毛
——让我铭记了你

2012.7.12

月亮是一枚傻笑的镜子

太阳把寒气逼近我的体内
是你让我的血加快流速阻拦
路是自己的 鞋样是邻居的
喜欢飘动却不能像落叶自由
我需要生根的方向
和门开的时间

月亮是一枚傻笑的镜子
照着我的骨骼隐隐地伤痛
这是一个故事的真实咒语
让羽毛变成了铁扇

2012.7

阳光狭小得像破碎的镜面

灰尘是无辜的被我来回敲打
偶尔的休息却被我的汗味熏醒

雨天，租来的房屋有些漏水
打乱了整晚的生活计划
变色的日子让人厌倦
风是天使却破坏了我的窗户

屋内虽然没有灯　我内心却是光亮的
阳光狭小得像破碎的镜面
做过后悔的事　肯定不是错事
午夜让奔波的人安静下来

穿透屋顶的水落在地上却站不起来
灰尘呢？被它冲洗得干干净净

2012.7.12

我是地下那个人在世上的"象"

结冰的肉体还没有开始解冻
回首的目光在颠簸的山路上醒来
山坡残留的雨水向山沟滚去
能翻身吗　一棵枯树向我砸来

每一枚落叶都有童话的故事
脚印踩出的预言在转身
我是地下那个人在世上的"象"
封冻的河水是一枚镜子

鱼在冰下是自由的
那个我在地下的冰中呢
"我日夜守护着地上的'骷髅'"
"象"——唯有酒后才呈现
上次的时间被大雪飘成严冬

成象的过程是痛苦的断裂
冰融化的时候我正站在岸边
鱼到底死了　还是活着
我来世上三十年却修不成正果
那棵没有被砍伐的枯树正在发芽

2012.7.22

我是本世纪最初的理想者

河冰初融　鱼和虾在解放中
远方的你能否感觉到这里的暖意
我试着去接近那冰
隔着一条遥远的河　无法靠近

短暂的记忆已经铸成永恒
没有人可以暖化河水
我更不能融进自己
我是本世纪最初的理想者
等春分盼夏至　望立秋爱着冬
瘦了我心中的文字
苦着身边南去的春风

叶芝说过："当你老了"
我已经在土地中安葬
这时，春天刚刚开始!

2012.8.8

草尖上的景色

挑在草尖上的露珠是一处景
它是尘土可以看到自己的镜子
这个时间很短　短到一个生命的消失
草在成长　希望已盼成落日

我就是那滴不敢归家的露珠
草尖上打个盹也算心灵的安抚
其实我在你的心中已经腐烂
我不是游子　只是没有理由回来

时间消失得太快没能停下来疗伤
路上看到很多戴面具的人
半成品的残缺的　完美的很少
大家都在奔向一个没竣工的地方

人在异乡住久了容易失去自信
百无一用是醉酒的状态
来吧，像快刀的闪电请快点来吧
请你把我偷饮的那滴露珠击打出来

2012.8.12

断了钨丝的灯再亮一次

这份收入让我少了两次梦境
幸福只是我生活后的主题
像吊在房顶上断了钨丝的灯
亮一下，只能在晚上的梦中

看到满河的水 波光粼粼
一袋漂浮的垃圾划伤了水面
仿佛在暗示什么给生活
风来了 广告牌散了
劣质的广告架也随着消失
记不住那牌上的广告语和产品
孤独的铁柱是台风留给我们的影子
我们两个在夜晚享受着生活
数着星星　谈论着自己的价值

2012.8.20

镰刀割小麦的声音

某某某 那是镰刀割小麦的声音
整个晚上我都在打磨这个词
写下它　仔细辨认
我的目光干涸　墨和笔无言

在上海写故乡孙庄的麦地
耗尽我的思想和才华
夜中　另一个我慢慢漂着
沉入到黄浦江底把自己留存

那是变了音的蝉鸣吗?
要把种子播在树根下的土壤
活着时，你我都飞不远
土地正在分娩　我们都是她的孩子

某某某 所有的出走和流浪
笼罩在镰刀割小麦的声音中

2012.9.1

竖排、繁体和线装本的孙庄

默默走远的故乡是孙庄
像一根发黄的草立在秋天
温度要降　候鸟开始迁徙
站在异城高楼的19层　我眺望
孙庄，一场早霜让红薯的绿叶失去

要把心中我的孙庄整理出来
那些竖排的繁体字
必须查字典才能识别
静止的风景册是线装的版本
我把故乡用纯棉绣在内衣上
雨水可以养它　自来水可以养我
霜打压不了麦苗的暖色
它顶着一点白，真像唐诗中的汉字

故乡的树上有疤痕
我的脸部有胎记
孙庄是一本发黄、竖排
繁体和线装的书

2012.9.2

温暖是和温度不相干

河的冰上，我看到你走过的痕迹
天空还没有复苏的意象
思念就是有情人的一剂毒品
一旦接触就会深深上瘾

路。究竟多远才有驿站
绝望的时候听到一种声音像你
带着满天的星过来　我仍然不认识一颗
温暖是一件和温度不相干的事情

咀嚼那片偏蓝色的月光
一阵风　多像你的体温
轻轻安抚一个午夜失眠的人

我知道那是梦幻的景色
可能将来再相遇
我只是你天空浮云中的一个碎片
今晚我无法切断对这剂毒品的依赖

2012.9.3

站着的影子像路口的十字架

一个个十字口让路的腰挺直
有些人不顾一切地闯红灯
很多落叶抱在一起在路边睡觉
雨赶着我的路　漫无目的地淌流

我试图说服自己　世上
从来没有近路只有直路
脚印是前进中的证据
只有收集多了才能有佳音

路上不能走失 落地的是叶不是我
我反复地吟唱那河流动的水
载满了像是故乡的阳光
偶尔，我在它面前看一下自己
里面消瘦的人比我还从容

正午　我在张开双臂高呼
影子站着，像路口的十字架

2012.9.4

我依然爱着那个主题

我的文字比生活还有腥味
半筐抹布没有擦干它的痕迹

夏天刚过，不缺少雨的水
荷，已经展开到多半个塘面
你的影子印在荷叶的水珠上滚动
中午来看你时　已经成为气体

去掉骨和皮，我的身体是水铸成
我看到了荷花落的时候
才知道什么是安静
不像流水的声音那样尖叫

今晚注定要失眠　几只馋嘴的鱼
早睡的莲 已被啃得遍体鳞伤
风停后 云还在行走
内容空了　依然爱着那个主题

你虽然在有诗意的黄昏中消失
却被我变成没有文字的诗句珍藏

2012.9.9

一只被我误判的梨

我对梨的认识有过误判
源于那次吃过后　肠胃不好
离不开厕所的马桶
再看到梨　我的目光会缩回去

在一次画展上我看到一只梨
是画的　不是可以吃的梨
"不断流变　不断生成"的笔画

梨花，还有比梨花再白的花吗
人生中可以去掉的色彩很多
唯有白不可舍去
树下的一条古道悠长
马蹄的声音还在响

重新描绘我对梨的句子
春天 古道　艺术都回去
发现有一个女子的声音还在
我看到的时候　梨花已经落了

2012.9.23

想起珍藏在书本里自己的乳名

我是知道 花落后才能结出果实
来城市后几乎没有见到朝阳和母亲
朝阳很远 有海那么大
母亲呢 就是一张车票的时间

落叶的露珠上 我看见朝阳的身影
这一晃 我看到母亲苍老的脸色
想起珍藏在书本里自己的乳名
母亲讲 她怀孕时朝阳常陪她散步

今生 我再无法抵达母亲的体内
慢慢到来的中午是我的早升的朝阳
房内盆中的兰草 赤裸着像叶子的身体
光阴是养人的土 根生进去才能开花

城市是一堆闪着光的碎玻璃
分不清太阳光的高度和方向
我常常闭上眼睛把我变成自己
融在已经碎成露珠的海中

2012.9.25

月亮在天堂　竹荪在人间

上帝造物时肯定偷懒过一些时辰
把黑色和白色留给最美的物种
星星升起　月亮期待着这个瞬间
寂静不再是今夜的主题词
竹荪搭着轻风来到人间

她从不与海比阔 不羡慕鸟的飞翔
栖身在长宁这块有灵性的地方
竹荪就是固体的海和鸟
只留下海的味道和鸟的轻灵

从海里跳到天空形成的雨肯定是淡水
鸟儿飞过的路充满干草的味道
这个小地方 任竹荪疯长
漫天的繁星是她故乡的伙伴
月亮是她童年最好的兄弟
后来月亮去了天堂 她留在人间

注：竹荪，又名竹参，属真菌门，担子菌纲，鬼笔目，鬼笔科，竹荪属，是我国食用菌中名贵的山珍。《辞海》曰："四川南部最多。"

川主庙

寻找川主庙的白天与黑夜
用眼睛用腿脚用方言
当年的道教活动在树上在土里
这个建筑就是它活着的见证

天空下飞鸟慢慢落下
有人缓缓离开 不
我讲的是岁月在慢慢沉淀成芳香

经过川主庙我总想变成一块青瓦
躺在檐口上享受烟火享受雨露
其实壁画中的那个点就是我爷爷的眼睛
他醒着　沐浴着今世的清风

我是位游了　要走了
我讲的是身体得离开
瓦上的那根草还在
请您为它祈祷安宁
请您为它祝福祥和

在洛水川主庙你不注意的时候
我已经藏在瓦的缝隙中变成尘土

注：洛水川主庙，原名洛水湖广馆，位于洛水镇场镇，坐西向东。

想拆掉某些字的一些笔画

字变味了　风有些大
一本书在猫的屁股下过了这个冬天
我在寻找那些字
想拆掉它的一些笔画

汉字是社会的骨架
上面的肉体是这些形形色色的人
有的发胖　前天的一场车祸
让瘸子又痛苦一次

我们的生命总是要消失的
开始拆掉一颗星星，两颗星星
天亮了，我开始入睡

2012.11.2

2010年陈忠村与自己的导师李平教授在中国人民大学校园

2010年上海应用技术学院人文学院院长刘红军教授向陈忠村颁发兼职教授聘书

2011年的诗

2012年陈忠村与著名画家徐立铨在全国中国画作品展开幕式上

2013年陈忠村在全国油画作品展开幕式上

方向总在向路的前方延伸

赶路者只能在路上疲惫
方向总在向路的前方延伸

树太大，会挡住一些阳光
绿荫多了也同样温暖
开小差时总被蝉的叫声砸醒
它有一座故乡重的分量

在路上能遇到多少富贵吉祥
我不能预料出它的时间和地点
不用怀疑，有一半日子是黑色的
它抚慰了我疲惫的心灵
转过身来
还给我一个赶路者的姿势

头低下来，我是做错事的孩子

头低下来，我不是那个做错事的孩子
已经接近四十不惑的年龄
趁身体还可以站着　要把头常低下来
像记忆中结籽的玉米叶开始枯黄

脚会穿鞋的只有人类
这不是一个平常的午后
穿鞋　赶路　一个必须赛跑的年代
背上的压力越来越重　但越重得越跑

低下头来才能看清楚痛不欲生的鞋
像儿时刚刚学会迈步慢走
母亲笑了　像玉米的色彩
饱满成金黄金黄的

一枚温暖的胎记

太阳想把我的影子照亮
它很勤奋也更努力
寻找、寻找一个最佳的角度
我脸上的一枚胎记吸引住它的视线

风过来了　树没有落叶
尘土起程　试图掠夺
伏在树干上储存那缕阳光

在路上，行李太多会让身体疲惫
我把影子寄存在阳光里
展开昨夜被删除的乌云
下起雨　尘土落地
树没动　我也没动
我们相互依附相互取热
享受着我这枚胎记带着的温暖

累了，是一个干净的词

累了。靠在挡住我前行的墙上休息
墙像是站着的大地
可以踢　可以拍　也可以吻
听，种子生根的声音

太阳可以让我温暖起来
需要的是一片无名的月光
我有和大地对话的欲望
张牙舞爪的树叶阻止着我

最美的色彩是大地的黄色
天堂中肯定没有
站着。在风中　在大地上
我坚信：累了是一个干净的词

月亮出来时才是月亮

蟋蟀的叫声印在脑海里
像天空的云时隐时现
今夜的月亮是最神奇的笔
涂画着故乡的轮廓
有玉米地、有炊烟、有人影
想你，是件荒谬的事情
内心在形成一个丰富的诱饵
想你。囚困的心灵找到唯一出口

所有的幻想在月亮最圆的瞬间消失
满天的星星都发着光
我不敢享受你那一颗的温暖
我背着煎熬在流云下躲藏

活着就好，哪怕只剩下名字
一会生二　二能寻找到另一个

我入睡的时候
天空开始晴朗
月亮才是真正的月亮

把故乡还给故乡

故乡的分量太重
无法装上船　运载

夜的黑色只属于我一个人
删去所有的星星和能发光的物种
黑是干净的　像路边草尖上的露珠
在故乡，我赤裸着身体给自己看

一条河水把故乡的倒影淡化
我顺着它　往上游
岁月中的水把这块石头磨平
隐藏在石头中英雄也消失

故乡的分量太轻
像一只氢气球做成的太阳
夏日，焦烤着我的灵魂
在岸边看流水　度日

在故乡，光阴不是虚拟的
我是故乡河水的一个分子
三十年中漂来荡去
是个循环，有些破碎

——在故乡。我
把自己撕破还给您

比划着一个字的几种写法

我在比划着某个字有几种写法时
窗外的雨已经停止了跳动

那是一个灯和一个人对话的形状
世上的今天正在我面前消失
祖先发明了健康的文字
今夜组成的句子躺在床上病着
请你忽略不计它的形状和发音
让它顺着雨水往地下渗透
深渗在土中　渗在岩石中消失

月亮出来前　蝙蝠已经出巢
——真美。
我把手放在胸前
比划着一个字的几种写法

在沙溪

假如沙溪不存在——
靠海傍水的江南名镇该怎样形容

青石桥上的苔藓已经长成灵芝的形状
慢，风是系在树枝上叶子的魂
不肯离去的还有流淌的河水
落日刚圆的时候　坐一条小船
不划桨　也不声张的游玩
临水的建筑别致　干净与鲜活

南岸有座叫诗歌的馆
夏日里可以寻找清凉
悠长的老街可以淘一些最爱
河里的水草摆弄着腰肢的青春
她是我前世丢失的情人
在沙溪，今夜我也把自己丢失

父亲来城

父亲老了，我把他从农村接到城市后
夜里　他总不能熟睡

满天星星带他进入数次故乡的回忆
那时他还没有看到过火车和高楼
小米　步枪　露宿　夜行
走在生命边缘深藏阳光的人是父亲

父亲的背有多厚消失的尘土就有多厚
深深的脚印用于拯救土地的丰收
土地再肥沃　瘦小的只是父亲
目光被岁月磨损　一支拐杖扶着他过河

父亲瞎了　在来城快一年的时候
白天　他总在打瞌睡
今天他给我讲——
想把村里的一棵树移来　理由是
上面挂过党旗他曾在下宣过誓

锈之色

埋在土中让自己生成锈色存在
打开身体　让水进来
让时间也进来
锈了，我还是铁

它是对我的拯救　不是末日
雨天的闪　让泥土复活
一瞬间　种子生根
直着腰喘着粗气　让头钻出土

我们长期的未曾见面
时间在消失
打动我的是
沉重的故事在回忆时新鲜起来

铁之锈色如水上的落叶
随手可以打捞
疼痛在风起时开始
出土的种子　额头开始发绿

时间把我与故乡的距离删掉

珍藏多年锋利的刀刃在时间中锈掉
昨晚一夜的时间落在我的床上
美梦两个半场轮流上演
起床　梳洗　结束的昨天开始延续

时间是窗户上的布帘有风就可以吹开
我这扇窗的螺丝少了几颗
嘀嗒的响声　恰好
赶走异乡可怕的寂寞

守望。时间把我与故乡的距离删掉
傍晚时风乱了
碎片　花瓣和亲人都被吹来
请允许我理一理思绪
窗上的玻璃突然被几粒萤火击破

时间把锋利的刀刃吃掉
落在我的床上只是半场碎梦
还有那个从异地跑过来的故乡
已经早走了半个月亮的时辰

2009年同济大学人文学院院长孙周兴教授在中国诗书画高峰论坛上向陈忠村颁发获奖证书（2011年9月陈忠村考入孙周兴教授门下，攻读美学博士学位）

2012年陈忠村与著名画家、中国美术学院司徒立教授在一起

2010年的诗

2011年陈忠村在瑞士保罗·克利美术馆

2014年陈忠村、张强在安徽省油画学会第二届代表大会上

有一处风景必须绕道观赏

七月，上海的雨不可以覆盖所有的热度
比如暗伏在我心中的这团火
缠绕　释解　放大　散开的瞬间
将记忆中的残雪粉红呈现

热。不是无风无雨的原因
有些珍藏要在阳光下消失
有一种祝福叫遗忘
有一处风景必须绕道观赏

灰烬是可以变成火焰的
子夜　让身体燃烧
灼疼的伤口不需要求医治疗
抹一点烟灰就可以复生

风是没心没肺的信使
空白的信笺总让它匆匆忙忙
车站是可以归来又可以离开的废墟
深夜的天空　你必须星光灿烂

2010.7.11

认识这座城是从脚手架上开始

一根根即将形成脚手架的钢管站在城的身上
那种直　让我无法用文字描述
有一种力量让高楼拔地成长
我认识这座城市是从脚手架上开始

上工地的时候城市才刚刚醒来
我偷吻了她那还没有洗的脸
像我的妻子把我送出村时一样
也吻了我两下　既羞涩又大胆

我真没有接受蓝天的诱惑
脚下的脚手架越来越高
整个城市像个沙盘
在我的俯视中模糊呈现

早晨。深吸几口空气
身体一天都清爽
我当脚手架工很好
今天让城市的高度再升高20厘米

2010.11.25

64

迎风站着的楼像一棵七成熟的小麦

10万平方米的高楼占地8.9亩
一座楼可以住下我那整个村庄的人
我要清洗掉外墙面上所有的灰尘
它像一棵七成熟的小麦虔诚地站在我面前

麦田虽然消失但高楼里的人还在吃白面馍
大厅的墙上挂着《麦田》的赝品画
尘土不飞了　游荡的是深秋的风
请不要对外传播我是大楼的清洗工

我是食面的北方人
现在也习惯吃南方的米
我。有必要潜伏在城里活着
你看不到我吧！
一只手在清洗高楼的外墙
另一只手在擦自己的眼睛
懒得与你打招呼？嘿！嘿！

2010.11.26

钢管上的锈是我给城市增加的厚度

脚手架的钢管上我发现一块褐色的锈
与我幼儿时吹过的竹笛音相似
幸福是在回味中平静地咀嚼
别让城里汽车的噪音感染忧伤

我在锈的缝隙中回了一次故乡
跑破了帆布做的鞋底
我的到达和玉米的成长一致
它长得越茂盛我越不想回返

搭架子盖楼是一个俗套的工作
叮当的架子钢管声催促着城市长高
无意中看到水泥的产地来自故乡
不需要的感动多吸收我的五次汗水

钢管上的锈是我给城市增加的厚度
又是故乡孙庄给我的一枚胎记

2010.12.2

水泥钢筋加水铸不成楼的高度

我总想盖楼时不用民工多好
小时候我梦想到高楼上与云做游戏
现在我在楼顶上　云被蓝天捧得更高
但我偷看到了一个刚刚起床的新城

楼顶上我想大声喊时又悄悄闭上嘴
一些熟悉的名字陌生起来
我只是在奔向城市　生活在它的影子里
偶尔爬到楼上在阳光中欣赏自己一下

水泥、钢筋加我的汗水可以铸成楼的高度
老王、老李、老陈在工地互相打招呼
无论何种方式：点头　手势　眼神
都是来自内心的一份祝福的干净

不放弃每一次努力的机会
最后一方砼倒入模板的时候　星星已回家
我的生活和楼在夜里的成长有关系
曾经　我也在城里的楼中生活过
并以主人的名义和它走得很近

2010.12.7

手里有一种水　说不上名字

抹墙是一个手艺活，我喜欢它
我手上的茧很硬纹路清晰
上工时落满的灰浆增加它的力度
没错，下班时手一拍就轻了

饥饿与太阳的落山成正比
食物不可在身体中复制享受
故乡的小麦等待播种
即将竣工的大楼把我的时间打磨得闪光

我站在楼的影子中讲：我不会偷偷撤离
我不再休息　直到让你竣工

在梦里我变成一个巨人　巨大无比
挥一下左手　一个城市就建好
挥一下右手　田里的庄稼就种好
再挥手，手里有一种水　说不上名字

2010.12.11

2007年3月—2010年6月诗选

2012年陈忠村在安徽文学院签约作家创作会上

2009年《清明》和《安徽文学》主办的陈忠村诗歌研讨会在安徽省文联会议室举行

短夜006：只能用一片绿叶敬你

太阳关门后的一个喷嚏
星星被逼了出来
她本来在暗处窥视我

我健全的四肢
在蝙蝠出洞时开始清醒
夏季。三年前嫁接的果树
还没有出现丰收的征兆
星星请你谅解我的拮据
今夜只能用一片绿叶敬你
还不错！
——已经长到1.8厘米

2007.5.12

短夜011：天堂是虚设在荷花下的蛙声

夜是我扩大数倍的身影
你。幸亏没有来
躲过这场暴雨
对于雨　你可能最无知
星星是雨的闯入者
太多后　就交不成朋友

不敢把夜的阴谋揭穿
水珠在荷叶上煎熬地滚动
天堂是虚设在荷花下的蛙声

2007.6.1

短夜032：灯光冲淡宁静的纯度

晃荡的夜吊在树枝上
落叶在水面上漂流
远处的灯光冲淡宁静的纯度
我。被琐事缠绕着
眼睛模糊　嗅觉降低
听不懂落叶的言语
说消失一阵风后它就没有了

关闭生活中的一些幻想
封锁自己的各种血脉
想变成落叶　水却不理我

2007.10.18

短夜036：站着死亡不是谁都能做得到

这片树叶肯定枯死在树上
已经两年整棵树没有发出生命
风雨中它不愿意落下
可能憧憬在夜的生活中
城里的土地已失去长庄稼的功能
车堵在路上像落叶一样重叠

生命中的绿色一生只有一次
死亡后还站着不是谁都能做得到

2007.11.23

短夜039：多次看到你的真相

——夜是没有化妆的白天
新年将在一秒后开始
是幸运的　我在上海的灯光中
多次看到你的真相
短发　素装　笑容飞扬
过不留声　立不留影

一个人是与另一群人的阻隔
独自的时候与很多光交谈过心
欣赏它们在夜里起舞
没有生命的呼吸　学会坚强
隔着你看见夜的脸上汗珠

我常赞美光后的风　水　煤
几片乌云飘荡在头上赖着不走
它本是生命之外的装饰
多一片少一片都不要影响视线

2008.1.1凌晨

短夜043：风在吹动拔节的小麦

从来不敢偷看夜深处的风景
灯捻熬成蘑菇的形状在闪
小麦拔节的姿势让我们敬重
都是生长在地球上的生命
丛生的杂草却没有收成
凌晨四点这场梦被判了时间
它们是我生命中的青草
天没亮就开始死亡
夜。却被真实地解开

风在吹刚刚拔节的小麦
嫩嫩地、坚强地弯了一次腰

2008.2.22

短夜052：我的转身尽可能都露出笑脸

夜色田野　月的光是锦上添花
看一眼心静　闻一下爽神
喜讯是藏在星星缝隙中的影子
灯光让我的夜从序言转入正文
三十年没写成一段有张力的文字

那一年春天我离开温暖的孙庄
村头的油菜花正开放
那种香不是属于我
远走是一种更好的守护

每朵花不可能都结出果实
我的转身尽可能都露出笑脸

2008.4.16

短夜055：站一起就成强大的中国

5·12是鲜血铸成的三个数字
很多亲人的距离近在地狱
废墟是由温暖的房间变成
瞬间　许多同胞只剩下汉字的姓名

"别哭　好好活着"——好好地活着
这是温总理的心里话
疗伤　他想把汶川含在嘴里
弯腰清洗着地震流出的血迹

我们向汶川默哀　向五月祈祷
把泪擦干净　哪怕擦出血来
都不要流出泪　没有人的时候再咽下去
挺住　坚持　我们一路并肩向前

弱小的生命连在一起不会孤单
在一起就站成一个强大的——中国

2008.5.20

短夜064：星星通过缝隙传来安慰

美国的次贷危机没有影响到星星
它们的一个个岗位都在
平静的内心经受着一场巨大的震动
新闻纸是我们守候的最后一块麦田

股市巨滑是一场压缩的寒风
瞬间掀起能让我温暖的床
谁种植的桂花还在夜里开着
一阵香跑到我家赖着不肯离去

星星与我一样都在夜里工作
凌晨　它通过窗的缝隙传来
———寸长的安慰

2008.10.30

短夜066：必须克制自己不能哭啼

上海。我是你车声环抱中的外乡人
目光带着我在高楼上游与漂
淮海路是你体内的一根重要的血管
通明的灯火串通我的有许多思想

我可能在某个瞬间
认识了外滩、人民广场、新天地
一天内制订了很多计划
在走　总想寻找到某种机遇

穿透后思想是洪水
我真不知道怎样安抚
它常在夜里霸占我的床位
必须克制自己不能哭啼
想打动这个城市首先打动自己

2008.11.2

短夜069：路是月亮借给我的

夜是白天的第一个化身
世俗中它昂着头走来
把一片没有落的秋叶留给冬风
路。路是月亮借给我的
机会藏隐在郊外深处
寒风没有来临之前请别忽略我

一双擦不掉的脚印深又重
我敢肯定，明天
它一定是多彩的颜色
印映着清新的思想

多年前我进入这个城市谋生
今夜　我深深地给它鞠一躬
我不是秋天里最后的一片树叶
初冬的风却吹不动我

2008.11.22

短夜076：河中的蝌蚪是我的至亲

我已经安家在城市里
把小区的名字改叫"孙庄"苑
心里装着故乡行走
小麦开花　玉米结籽

如果我错了　请允许改正
透过窗外的闪光我看到镰刀生锈
春耕的牛在田头突然停下
村里发生的事情细节看不清楚

如果我没错　窗外的春雨请快降下
那即将断流河中的蝌蚪是我的至亲

2009.3.21

短夜080：藏在树的叶子里过夏

……星在树枝上跳着亮
深深地在影响城市的喧闹

坚守　我坚守着这个城市
常常把它打扮成故乡的模样
夏天穿着宽大的外衣
裹着我是这不流动的热

微风从树枝上走下来
我要像虫一样知道树叶是有营养的
漂。也是站的一种形式
不当树叶，变只虫也不错
虽然叩不响光滑的柏油马路
至少能藏在树的叶里过夏

2009.7.20

短夜084：午夜　我溶化在雪中

你从8000里的故乡过来　到趴在窗户上
只需要从一场13度降到零下3度的时间
距离不存在
雪花是伤感的！不然前面的雨是谁的泪水

透过玻璃我看到雪的面孔
她的眼睛中我闻到故乡的味道
村前河里一片芦花在飘
任何一朵都比生死的爱情还要浪漫

窗外的故乡是一种假象
我只是一朵芦花的赝品
谁说：有灯光才能看清楚
熄灭灯　午夜里
我溶化在这枚雪花中

2009.11.16

短夜093：失去砌墙功能的石头

石块是拒绝暴力的
水。载着思想奔波的水
轻声细语地慢慢流淌
夜曲让石块达到无奈的思索
——我的棱角哪里去了

深夜一块鹅卵石爬上岸
带着大梦未醒的英雄状态
殊不知身体已经被水刺伤
失去了砌墙的功能

2010.1.24

短夜094：等月亮脱掉外衣后的美丽

依靠在暖暖的窗前
我在等。再　等
等月亮脱掉外衣后的美丽
你能回来的理由很小
何苦这么远眺
距离被营造得充满人情味

夜里三更时刻
一件外衣把我裹住
形成坚硬的壳
我躲在里面变成一只卵

2010.1.26

短夜096：有些机会是灰尘做成

真不认识这个方向
我是刚迈进这条陌生的路
不敢直视它

我的胆很小像饮水的蜻蜓
这是今晚第七次提醒自己
轻些 再 轻 些
有些机会是灰尘做的
靠近它 就会迷惑眼睛
甚至连遮挡的瞬间都不给
惊起它
更会空空荡荡

2010.1.29

短夜101：创造出天堂的宽度

一个人，因烦恼常醉不醒
错过白天的清风和日丽
许多月夜都不愿意欣赏
眼睛成为脑袋上的一对装饰
希望在梦的腰间系着度日

路之所以宽广是由于大家的行走
我们的坦荡心胸才在夜里点亮

努力就是一种收获
思想就能达到十二分之美
该放的请放下
月光中凿开一个三寸出口
就能创造出天堂的宽度

2010.2.7

短夜106：千万别错过自己

异乡的夜色把道路挤得很窄
侧着身体奔跑是我练成的强项
希望的厚度比晨雾还薄
出现的空间常变成我消失的场地

今天看上去和昨天相似
我却不能回到昨天的自己
时间是一把利剑悬在头上
经不起长期的大起大落

希望在你转身的时候已经稀释
奔波在异乡——千万别错过自己

2010.2.17

短夜110：不求黑夜给我留一束明光

熬夜。关着灯
砸烂痴心　妄想封闭
出门在外多年
还过着无秩序的生活

夜里，我承认自己有很多不足
但不求黑夜给我留一束明光
来融化隐藏内心的阴影
看着桌上妻子微笑的照片
我的心里一热

在全球经济萧条的春天
我只求保住这份工作岗位

2010.2.24

短夜117：煎熬是今晚的主角

等。选择三颗星升起时上路
等你。再选择三十三颗星升起时上路
再等你。选择三百三十三颗星升起时上路

等你　是想让你能回头
满天的星星在升起
夜是一个倒放的热锅
煎熬是今晚的主角
温度不高更不低
清点落去星星的数量
保持着绝望与祈祷

2010.3.9

短夜121：腐朽已经埋名隐姓于人间

醉一次。午夜增加八两酒的厚度
升起来的星星任你挑选
马背上的人不一定都是英雄
三十年来　星星没挪动位置
时间没有消失　消失的是我的青春
腐朽已经埋名隐姓于人间

喜从心来
叶出花落
最可笑的事是
醉后的醒和夜的关怀无关

2010.3.15

短夜122：一个雨衣下奔跑着三个民工

一个雨衣下
奔跑着三个民工
风小
雨大
天刚黑

我已经混居上海多年
最头痛的事情就是方向不明
衣服隐藏发福的身躯
就像路边美丽的绿化
但我一眼就能看出
——污水管的流量

高楼大厦万家的灯火下
奔驰宝马行驶的交叉中
夜就像立好模没有浇筑的柱子
站起来后内心也是空荡荡的

2010.3.17

短夜132：故乡是用泥土做成

今夜　月是光的化身
从理论上我能把她们拆开
有些时间像水一样渗进我的体内
又像火一样烤着由你组成的相思

你是树　一棵没有带根的树
是一片挣扎又无法展开的流云
夜意三分　我要把你叫醒
为了证明我的眼睛还能睁开

今夜　我的愿望很小
请你一定记住我的眼神
故乡是用泥土做成
它在远方又在沉默的脚下

2010.4.5

短夜133：今晚的月光可以慰藉灵魂

今晚的月光可以慰藉灵魂
心灵要用月光装饰一下
宣泄的路上　我们
请自己欣赏自己

谁都不想注定成为游魂
月光已经恢复笑容
轮回的岁月在隐藏
秋天，有些花在路边开放

我时常被光击伤
今夜。我坦诚面对月亮
一个多年写诗的人
却不敢动笔书写今天的自己

2010.4.8

短夜138：我要从石头上开始飞翔

我。喂养着一群夜的露珠
它常蹲在路边的石头上发呆
这条路很宽可以同行五百名逃兵
一生中的笑容不得不消失在马路中

站起来　终于自己可以飞翔
到对面去　最怕的不是那些纸
要穿过用万或是十万计量的文字
瞳孔开始发光　似乎有了生机
不需要记住，我可能死在途中
别来。千万别来！

我要飞翔
从站在石头上开始

2010.4.15

短夜144：深夜　我对着蚌埠的方向沉默

今晚，我酒后想起在蚌埠的妻子
她在给我喂水　捶背
温柔的拳头把我催入梦乡
醒来。躺在的上海是别人的

奔波让我们没有足够的时间相聚
思念在我身上解释为有伴无侣
妻子，歌唱我们的相爱吧
真正的爱情是长跑运动
奔跑着才是真正的幸福

深夜。我对着蚌埠的方向沉默
窗外升起的星星在发出祝福的光

2010.5.8

短夜149： 门锁被谁捂热过

光阴带着浓浓乡音的尘土敲门
二者是我在异乡的左邻右舍
难以相信就这样生存二十年
强壮了我的骨骼与肌肉

这是雪前的一场雨
冷。不是今晚的主题
城里　我不仅捂热我的身体
还温暖了一个心灵的魂

进来吧　门没有上锁
开门　打开走廊的壁灯
空空　空。什么都没有！
我在关门的时候　慢了一下
发现锁刚被谁捂热过

2010.1.8初稿
2010.6.2修改

短夜150：我是流星 却没有热度

我是枚流星　却没有热度
大地是慈祥的
她容纳了陈氏的这种"凉"

山可以取暖因为有材
海可以取暖因为有油
大地可以取暖
——因为有人间

我的"凉"是纯棉的
可以洗　可以晒
今晚坐下来
品你对我暖的成色

2010.6.6

短夜151：最后的告示

我把头高出坟墓　高出碑文
被风吹散的是那无法识别的文字

五十年没有发芽的种子
温润的土壤中心胸开始变宽
河里激流的水教会人们奔忙
我的体量很轻　只能在云的上方移动

我把眼睛高出额头　高出树梢
被风吹开的是一把尘土

六十年的光阴把我压扁成一个生词
闭上眼睛保持成一幅逃命的姿势
远方　阳光　故乡和恋人紧裹着我
我的降生之处突然静止成一滴泪水在动

埋入泥土的种子不一定不发芽
遗忘的是已经铭记的文字

七十年前的一个夏天　河边
我在寻找一块像卵的石头
走过去就可能再也不能回来
真正消失的是天空像我形状的云

夜里　千万别对着我沉默
精灵中的精灵才能回归到尘土
你的那份疼痛的祝福
只有我听不见

2010.6.10

2011年同济大学历任诗社社长在《诗刊》第27届青春诗会诗歌朗诵会上合影

2010年陈忠村与诗人贾子昂、徐萧、胡桑、蒲俊杰、郑小琼、肖水、徐钺、刘化童、蒋鼎元、茱萸在上海

1992年8月—2006年12月诗选

2009年陈忠村与中国美协主席刘大伟、著名画家王天胜在一起

2010年陈忠村与瑞典文学院院士、诺贝尔文学奖评委会主席谢尔·埃斯普马克和著名诗人、翻译家李笠在一起

招魂贴

三十年前
乡下奶奶的推理
五岁以下小孩子的灵魂不全
招魂贴用于指路回家
我家的门上常挂一个

三十年后
我生活在城市的空调中
想微笑一下
突然　停电
适应性变成像过夜的一杯剩茶
一些似乎能解渴的水
跟我捉起了迷藏

招魂贴还在门上吗
初冬。风寒起来

水中的稻草张望着河边的行人

水中的稻草很有功劳
上个世纪曾救过一个人
没有人落水的日子越来越多
现在　稻草感觉很无聊

不要把晦气往水里吐
不要让面孔长成冬天的温度
不要怕湿鞋就不往河边走
不要装疯卖傻地横行天下

告诉你：现代的人很有办法
落叶都在窥视清洁工的心思
只有鱼还在水中求乐
你往高处看：鸟已把家安在电线杆上

水中的稻草张望着河边的行人
祈祷：一位英雄把她打捞上岸

闪电把我的房间充满强烈的光

干旱的季节河水断流
截水而张的网越来越大
从上面游过　还是在下面穿越
我只是一条鱼　不可能挣破网逃生

街道的繁华更加拥挤
我的脚印被别人挤得越来越小
从钢筋水泥铸成的笼子跑到另一个笼子
电灯开到最亮　怕黑夜的嘴向我咬来

窗外下起大雨
猛然回头去看
有条鱼跳出水面落入渔夫的船舱
一道闪电　我的房间充满强烈的光

五炷香

花初开。风吹去的香
是很多年的劳动

曾用三炷香
求得一枚带有吉祥的符

花半开。有52度高粱酒的浓

下跪三次　　求佛
城市很像花儿开放
汗味是城市的香
入夏以来雨水很多
水泥钢筋像我一样出勤很少

城市在完成某个象征时
花在开。香成我流汗的味道

一个家　常搬着

二十年前树下我跟爷爷学打铁
刮着风　最后一锤下去的瞬间
发现一群蚂蚁在往树上搬家
带着行李排成队赶路
不久　雨就像败下阵来的军队
一些留在树上　一些趴在屋顶
有的倒在地上　跑快的已跳到河中逃命

那把铁锤锻打了我的筋骨
从淮北到江南又到下着雨的上海
新闻里三峡大坝在合龙的瞬间　想起那群蚂蚁
是否已把家搬到不再受骚扰的环境

如今我正在搬家　在太阳的胡须中
穿行。默默地我对他们很珍惜

有很多高楼的地方叫城市

没看见过
哪个城市没有高楼

三十年前父亲告诉我
房子可以盖在房子上的地方叫城市
母亲给我量身制订的目标
将来要在城市里娶新娘
后来我知道楼的层数
代表城市在城市中的地位
明年一定爬上金茂大厦
不知道站在上面可能看到故乡
——我的孙庄

我的成长和楼的高度有关
楼的高低和城市经济相连
但是城市的大小和我的成长没有关系
比如：没有高楼大厦的孙庄
就是我心中的城市

下游生活

长江下游入海口是上海
12月20日走过江边
发现了鱼的阴谋
它们想上岸和人同居

满江水能养肥不少鱼
有些是靠奔波而活着
沙滩边想照张相片作纪念
没有站稳就被卷进大海

我是一条不带鳞的鱼
暂住上海　外滩是邻居的风景
只有朋友才向我靠拢
告诉我海潮和台风的距离

下游生存的真理就是活着
能活着　就不错
不然下一次再相聚的时候
鱼宴。很难一起分享

生活中一定有大树制成的消费品

猫穿过桌子时　碰倒
昨夜剩半杯咖啡的杯子

突然　惊醒我
梦中的半河水瞬间消失
看到沙化加速进程的新闻
我们的生活中　一定有
那些大树制成的消费品

闭上眼睛能起什么作用
望着猫　它同样窥视着我
撒在桌面的咖啡在滴
那些树能到哪里去
我真的说不清楚　像猫
不知道杯子里有咖啡

醉汉的第九种状态

为了延长陈年老酒的寿命
醉汉常用他独有的方式表达
路边躺下与灯杆的影子同睡
像一个摔倒的酒瓶传播着酒气

谁在研究酿酒者的动机
有必要储存数年吗
就像我们以前做过的错事
酒醉时才承认错误

醉汉的第九种状态是痴睡
马路上的树全陪伴着他
叶子在动　却沉默不语

洗　手

天天年年　洗手
是无休无止的

手的皮肤和背上的
没有什么两样
总感觉它不怎么干净
不像童年的记忆
几十年的储藏
不依靠清洗来保持
却散发着温馨的清香

我，而立之年
打破了一些规矩
有些场景可以回忆
但不想再经历
活着。要常常洗手

五月　你从远方归来

五月　你要从远方归来
消息在三月里获得
时间是用水做成的
远方呢　我无法描述
等待常让人产生联想
才能孕育远方的风景
五月是幸福的
就像三月里的上海和蚌埠
一个人和另一个人　让
五月开成花的芳香

锁

门　上一把铁锁
房内的东西原封不动保存
钥匙放在贴身的衣袋内
等你　酝酿着你来的理由
时间是一把刀子
这条路被挑得凸凹不平
门上的锁呢　你可知道
它的心已经锈死
钥匙还在衣袋里
但已经失去开锁功能

一种守候的方法

窗户的油漆开始脱落
我望着它们，想
那是几年前的事情
窗外我在哭，你也哭
你的泪水比我的浓
几乎没用什么表达　天很凉
像你留在玻璃上的影子

今天，我守候着这扇窗户
但锈迹斑斑怎能和你相比

凌晨　我走在月光中

一棵老槐树把半个月牙挂在凌晨
你走后　这条河的水面越来越窄
满河的月光越来越薄
像你　像你那瘦弱的身体

一列火车在远处穿行
突然间发出悲凉的叫声
我看不见那车的窗户
还有那窗内灯下熟悉的面孔

乌云将星星送迷了方向
芬芳让寒冷的冬天破碎
深夜　你目光的火焰
燃烧了我的血液和我的灵魂

凌晨　我走在有月光的老槐树下
一群狗　跟在我的身后咄咄相逼

爱人，我欠你一条金项链

爱人，我欠你一条金项链
自从去年你过生日开始
明天　明天就是去年承诺的日子

这一年里我用笔画了无数条项链
有的造型不美　有的含金量不足
走访过好多位友人
怎样的一条项链才能配得上你

今天夜里
终于得到一条称心如意的项链
我哭了　哭得很伤心
捶胸顿足　满街乱跑

早晨　醒来
你正站在我的床前微笑
我说
爱人，我欠你一条金项链

相　依

再也没有比相依幸福的事

大地上面造房子
屋后面种月亮
希望撒在美丽的天空
树用力支撑起东方
黎明要出太阳

青春易去　相依最美
拥有的年轮很多　很多
新日子与旧日子压成相思的纸
一瞬间可能变成辉煌
要抚慰　要阳光　要成长

再也没有比相依幸福的事

幸福的孙庄

幸福的孙庄在上海千里之外
不能常去看望　才认为她幸福

那一天　给母亲增添疼痛
父亲的幸福让喜鹊传播
似醒非醒的我躺在我母亲怀中
不富裕的家养活我长大

开始我高于村前的榆树
它超过我时我已经离开
顺着江水从安徽到上海谋生
几年发福成村口榆钱的模样

孙庄的油菜花永远开不完
像母亲做的菜永远都飘香
今天真想把外滩搬到孙庄
父母在世时能看上一眼

子小河

芦苇在清水中，野鸭在芦苇里
是孙庄村边子小河的主角
半河水可以赶走干旱与饥渴
子小河是全村人的恩河

离家太远常忘记河水的颜色
我来上海就把
村西边那条无名的河背来
孙字拆成子小是我赋予它的学名

上海，血色一样的红灯下
站在路口望着孙庄的方向
手机的彩铃调成流水的声音
冻僵的子小河放在胸前能否捂热

午夜　一条游动的鱼

整个孙庄安静极了
河水在结冰　每分钟三米的速度
向河心蔓延　有一条鱼在游动
守护着最后的底线　活着
我的想法是
无法面对大海时
就面对我们的河流
享受祖先开挖劳动的成果
说不准还能幻想到亲人的身影

午夜　一条游动的鱼
改变了冰封河面的速度

出门在外常想到一个人

太阳。下午五点的时候
无聊得像一辆破旧的车
跑起来不快　想停下来
背后车的催促声高过足球进门的速度

流汗的空调制造着冷气
我在编制下月的计划
产量在门外窥视
努力了就想接近成功
出门在外常想到一个人
上海向西　再向西的母亲
她告诉我眼睛不要再掺进灰尘
乡下那条河的水源已经被污染

消　息

消息。马路等待得萎缩
荒草占领大半边路面
天气一天不如一天　炊烟
像黄河懒洋洋的落日

冬季悄悄地被关在门外
那把藤椅已坐了五十年
归来的消息传得又大又虚
草尖上的诺言不敢舍弃

故乡的草垛前
几只麻雀把雪花灌醉
多香的酒啊　没有你归来
我真不敢独自开坛

母亲的六亩八分地

再迈三道门槛就可以听到母亲的笑声

村头的六亩八分地本来有我的一亩七
后来我走进一个叫蚌埠的城市
母亲信里讲："站在你的一亩七分地上
就可以看见你上班去的身影"

母亲在妹妹的一亩七分地上种棉花
收了棉花在北方打工的妹妹就不会寒冷
小父亲几岁的母亲又种上他的一亩七分地
母亲在田里说："身边是我的丈夫
南边是我的儿子　北边是我的女儿陪着我"

刚下高速公路的车抛锚在路边
望着那遥远的村庄　自语
"再迈两道门槛就可以听到母亲的笑声"

母亲的冬天

冬天。母亲总在剥她收获的玉米
风站在门外　雪默契地望着
母亲讲　玉米粒上有火
低矮的房间里　暖暖的

我听着玉米的声音成长
二十年后　再迈进褪色的家
满仓的玉米　金黄金黄的
母亲的脚步却在穿梭中慢了

2010年"妙悟学派"作品首展在盐城举办，左起李占刚、陈忠村、罗青、祁国、严力、小鱼儿

1992年8月—2006年12月诗选（英汉对照）

2009年陈忠村与诗人严力、萨迪·优素福（阿拉伯）、乔安娜（英国）、倪联斌、小鱼儿、海岸、李天靖在上海

一条河在壁画中流淌

晒干河流的太阳
为什么不晒干我潮湿的眼睛
天气预报的沙尘还远隔几座城市
坐辆的士去广场聆听

路上，成千上万人的眼睛
像浅水中成群的蝌蚪
河水窄得像三百年前的地图
请别再阅读了　水草
要不然一些暴露的生命
害羞时拿什么遮掩

一个上午的光阴　我
静坐在一幅河的壁画前
身体幻想在里面沐浴
河边的一棵松树油脂滴了下来
把我裹了进去　还有那条河

The River Flows in a Mural

Sunlight that dries out the riverbed

Why do my eyes stay moist in its glare?

Sandstorms in the weather report———still one or two cities away

Take a taxi to the plaza, and listen to what's in the wind

Along the way, a thousand human eyes

Resemble tadpoles in shallow water

The river is narrow——a mark on a yellowed map

Interrupt your reading here water plants

What about those exposed lives

How will they cover their shyness?

Through the dappled hours of morning

I sit quiet before a river in a mural

A fantasy of bathing comes over my body

A pine tree on the bank lets drops of resin fall

Embedding me, and along with me the river

(Tr. Denis Mair)

一河宁静的水声

记不起何年何月何日
我靠在桥的栏杆边　溶成黑夜
心静得像一份承诺

桥北边已经形成城市　有些树
长成了省重点保护物种
桥上我来回走动。寻找
黑夜里宁静的水声

Quiet Watery Sounds of the River

The year and month and day recede from memory
When I leaned on the bridge railing, merging with the night
My heart's stillness was like a vow

A city has taken shape around the bridge···a few trees there
Are listed by the province as protected species
Back and forth I walk over the bridge, still search
For those quiet watery sounds.

(Tr. Denis Mair)

海

我在去往岛上的船边遇见海
它和我的朋友是邻居
再后来，我们也成为朋友
在一个太阳下取暖
在一起消磨时间

海告诉我它自己很孤独
大海怎能没有朋友呢？我问
我的朋友说
海没长眼睛，看不清朋友
有些人常在它的背后动刀子

Ocean

Riding a boat to an island,   I got acquainted with the sea

The sea that my friend calls neighbor

Later I became the sea's friend as well

We both found warmth under the same sun

We whiled away the time together

The sea told me it was lonely

But how can the sea lack friends?

To this question my friend replied

The ocean won't look out for itself; it does not recognize enemies

Some don't stop at sticking a knife in its back

(Tr. Denis Mair)

桥的裂缝

去年今天我发现桥面有了裂缝
车的通行速度开始加快
半年前立有一块带字的警告牌
禁止：三吨以上货车通行

裂缝每天都在长
像几根带电的裸线躺在上面
一些超重的车辆还在过桥
一些人，站在上面张望
想些什么?
桥不知道

Cracks in the Bridge

Last year today I found cracks in the bridge's surface
The traffic flow has been getting faster
Signs put up half a year ago
Warned against loads of three tons or more

Those cracks are growing every day
They lie across the road like live electric cables
There are overweight trucks still crossing the bridge
A certain few people are standing and watching
What are they thinking?
The bridge doesn't know

(Tr. Denis Mair)

最想多认识几条路

每一棵长高的树
都要站着死亡

可能我最高只有一米七二
驮着阳光下树大的抱负
上海　最想多认识几条路
提醒我　别四处乱闯

身体的某个部位又在恶化
有雪花被糟蹋得疼痛
医生　您对我的微笑
比药物都可以治病

一片树叶掉队了
讲：再见　再——见

Wish I Knew a Few More Roads

Every tree that grows to great height
In the end will die standing

I may stand only 172 centimeters tall
But under this sun I carry a tree—sized weight
Shanghai, I wish I knew a few more roads
Remind me to not to blunder about just anywhere

One part of my body still deteriorates
The pain is like trampled flakes of snow
Doctor, the smile you give is a better cure
Than any medicine I know

A single leaf falls out of formation
And says to the other leaves——goodbye.

(Tr. Denis Mair)

不愿意归宿城市的灵魂

马路上的空气老化了
堵塞住城市的主干道
车辆像不会走路的婴儿
很长时间都在原地爬行
这个年代手机流行
眼前全是南来北往的短信息

城市是一群站着的房子
速度在一组组的数据中呈现

我是乡下人　躺在城市的灯光里
没有了水牛和稻田　此刻
我，正在张望
尘土飞扬的乡间小路上
一些不愿意归宿城市的灵魂

Souls Not at Rest in The City

The air over the road is getting old
Clogging the city's main thoroughfares
Vehicles are infants, hardly able to walk

Time slips away as they crawl in place
Now cellular phones become popular
Messages from elsewhere meet our eyes

The city is a mass of standing buildings
Speed appears in clusters of information

From the countryside I came to sleep beneath streetlights
No rice paddies or water buffaloes here
At this moment my eyes turn to search
Where dust flies over a country road
For souls that could not rest in the city

(Tr. Denis Mair)

雨中的树比人真诚

雨中的树都呆头呆脑
一起淋着　没有一棵给另一棵打伞
年轻的几棵藏在父亲的衣服下
同样淋过多的雨又来浇他

雨中的人都很聪明
某些人会给某些人打伞

大雨过后又发生一些怪事
生病的人总比淋倒的树多

A Tree in the Rain is Genuine

Trees in the rain just let it all happen

All get wet together   none holds an umbrella for another

Young ones beneath their parents' canopies

Get drenched by the same rain that pours on their father

Humans in the rain are very clever

Some of them hold umbrellas for others

Something strange happens after a heavy rain

People get sick,   but a good wetting doesn't topple many trees

(Tr. Denis Mair)

孙庄　你不能走太远

没有变——是孙庄村后的黄土
我看见：桥的栏杆更秃
村前的小麦喂老了母亲
她的行走像一棵在动的树

你不能走得太远　孙庄
我的血是在你的身体上循环
多看一眼　阳光中孙庄
你的头，昂着

安徽省萧县　大屯乡孙庄
一条不断流的河是多么重要
三十年前我的哭声与你合并
三十年后　没有走出你的视线

Sunzhuang, You'll Still Be There

What hasn't changed is the yellow earth behind Sunzhuang Village
The painted bridge railing is now worn bare
My mother has grown old on wheat from beside the village
Her walking resembles a rooted tree

Sunzhuang, you'll still be there
My blood still circulates around you
Hold your head up Sunzhuang Village
While I take another long look at you

Anhui Province, Xiao County, Datun Township, Sunzhuang Village
How important to have a river that doesn't stop flowing!
Thirty years ago, my sobs were a part of you
Thirty years later, I am still in your field of vision

(Tr. Denis Mair)

高粱种子

门上挂着十几穗
父亲的高粱种子

我不敢肯定　明年
父亲能否耕地
他的目光中我看到了高粱
大片　大片的
不知道这么多高粱能做什么
跟着父亲走在地里面
天空有阳光保护着
——父亲与我

十几穗高粱种子一直挂在门上方
没有阻挡住父亲体力的耗尽

Sorghum Seeds

Dozens of sorghum seeds
hang from father's door

I am not sure if
father able to plough next year
His sights lead me to
a great stretch of sorghum fields
I do not know what to do with sorghum
But follow father into the fields
Sun protects us in the sky
——Father and I

Dozens of sorghum seeds hang from the door
None hinder father from exhausting all his life

(by Hai An)

母亲的酒　小米酿造

杭州花城旅馆308房间
我没有错过这个下雨的机会
站在窗户旁边　开始
构思《母亲的酒　小米酿造》

那一天母亲的技术已经成熟
我没有见过谷穗的形状
头低着。像西湖上的雨
我出生时是否下雨　不敢问母亲
要不然是母亲流淌的汗水
让我终生记住

母亲的酒　小米酿造
就像梵高画中的向日葵

Mother's Rice Wine

Room 308, Huacheng Hotel, Hangzhou
I never miss such a rainy day
to stand at window
to conceive Mother's Millet Wine

She has acquired a unique method
I never see ears of rice
hanging, as rains over the West Lake
I dare not ask mum if I was born in a rainy day
Otherwise it is Mother's sweat
dripping all my life

Mother's wine, millet brewage
Like Van Gogh's sunflowers

(by Hai An)

红信封

立秋三天遍地红的日子
田里出割高粱　为你

最古老的工艺酿成酒
枫叶的液是浆　善良的心是模
夕阳中铸成一只盛酒的壶
最想讲的　最想听的与酒
滴滴都装入壶中　给你

它的香度　它的色彩　它的内涵
密封窖中再放几年吧　为你
蘸着晨曦写首诗装入思念的红信封
寄出　最想讲的
最想听的

Red Envelope

Autumn begins with three ruddy days
To gather broomcorn for you

There is a traditional way to brew wine
A mould of kind heart full of maple plasma
ready to mold a flagon at sunset
Wine mixed with words,　spoken or heard
dripping into the flagon for you

Its aroma,　its color and its connotation
airproof for you for several years further
I write a poem at sunrise and send with a red envelop
what I'd like to say
what I'd like to hear

（by Hai An）

大树移植

大树移植是我来城市后
认为最新鲜的业务

乡下父亲栽的树　十年后砍倒
给我盖一处娶新娘的瓦房
二十年后刨掉给妹妹
打一套优质的家具做嫁妆
三十年后伐下给爷爷
做一副上等的棺材

走出养我几十年的农村
眼泪，我不会让它呈现
阳光强烈却难以把我晒干

城里。移植的大树
我真的不知道能活多少
是否像我漂泊却又留恋着故乡

Transplanting Grown Trees

Since coming to the city my most compelling project
Has been the transplanting of grown trees

My father planted trees at our place in the countryside
Ten years later he cut beams,   for the roof over my new bride's head
Twenty years later he planed boards,   to make my sister's dowry chest
Thirty years later he cut planks,   when grandpa's time was near
To make a decent coffin

Walking out of the village that raised me all those years
Not letting tears show in my eyes
Inside is moisture the sun cannot bake dry

These grown trees replanted in the city
I wonder how many will take hold in this new ground?
Are they like me,   adrift and pining for their native place?

(Tr. Denis Mair)

30人点评陈忠村的诗

给忠村，用我最美好的祝愿（With my very best wishes），
你的朋友谢尔·埃斯普马克。

——[瑞典]谢尔·埃斯普马克（诗人、诺贝尔奖评委会主席）

陈忠村为我们带来了这么一种不可忽略的声音：因为来自低
层，故有朴拙的感染力和现实冲击力，因为来自一个文雅而不带
盔甲的心灵，故坚忍中不缺巧思。《一条河在壁画中流淌》中，
写到河边松树的树脂，又是泪水的相似物，又是凝结的时间感，
正因为不动声色，才能抓到这种难得的意象。

——[美国] 梅丹理（诗人、翻译家、汉学家）

忠村的诗可以用来洗涤世人喧闹、疲惫的心灵，给予灵魂更
美的空间生活。忠村对诗的热爱、执着，达到痴迷的程度，真不
愧为诗的圣徒。

——[加拿大]洛 夫（诗人）

出生在农村孙庄的青年诗人陈忠村，至今依然小心翼翼，把
城市看作别人的地方。虽然在异乡是人类生活的本色，但进城后
农村人的异乡感无疑是最深重的一种。

忠村的诗让人感动，因为他只能用夜歌来传达他的归家冲动——农民进城，长夜短歌。

——孙周兴（教授、博士生导师、同济大学人文学院院长）

陈忠村是从乡村到城市的诗人，他的诗歌源起于乡村，"孙庄"这一意象几乎纠结了他全部的乡土情结。这些年他一直带上自己的诗歌穿行在上海的大街小巷。这样的穿行给这个城市一种感动，给诗人自己一种感动，陈忠村是在为自己的生命进行诗意的记录。

——梁平（诗人、《星星》诗刊主编）

"今天早晨的钟声特别可亲/ 带有父亲的口音 非常有力/ 一切都在希望中——就像身边/ 受伤的玫瑰夏天开出了花朵"。这首诗让我看到了忠村心中的历史，也看到了父亲对他的某种良好的家教，当然也道出了他对自己的严格要求。

——严力（诗人、画家）

忠村是我在诗坛上少见的几个诗歌圣徒之一。第一次见到忠村，我想起约伯，就是追随上帝的那个圣徒。上帝让他受尽了惩罚，让他家败人亡，让他浑身长满脓疮，目的是为了考验他。忠村的上帝就是他的诗歌，他是诗歌上帝称职的圣徒。

——默默（诗人、《撒娇》诗刊主编）

陈忠村的诗有货真价实的感悟，深挚的感情，但又有良好的控制力。没有炫耀，没有煽情，却更有力地捺进了读者的心。这是对"判断力"恰当地运用。

"短夜"不短。这些诗大部分有感而发，系经验和记忆的沉痛的呈现，在较强的真切感上，且有某种形而上的品格。还有一些貌似"怀乡"的诗，其实是建立在大都市与乡土彼此的穿逐处理上的，显得开阔，有新意。

——陈超（评论家、河北师范大学教授）

陈忠村来自农村，然后到了城市，过一种流域的生活，始终感觉跟城市之间有一个鸿沟，而跟乡村又隔着更大的沟，但是精神上联系却更加紧密。忠村实际上继承了中国现代诗歌一个很重要的传统，这个传统就是"流域性"。

——葛红兵（作家、教授、博士生导师）

忠村的诗本质上是抒情的，在传统与现代之间蹒跚行走，右脚还在故乡的土地，左脚已在城市，故土的根生长出一个反观城市另一种精神的存在——这个时代，少有人像他那么执着地切入——以致山野花枝上的露水，滴成城市的泪水，表现一个时代千千万万人的命运。

——李天靖（诗人、评论家）

虽然身居被"娇宠的城市"，但作者真正关心的却是他的故园、乡土与亲人。仿佛是一个夜的游子与独行者，他在暗夜中怀想、瞩望、沉潜、歌吟，内心的风暴与狂飙全都是自己的事，全都是人类的事。这一系列诗篇犹如152支短笛，清越而悠扬，深邃而凝重，在暮色四合的时候，如晚钟悠悠地回旋、环绕，如青草悄悄地放送着苦香。

——宋晓杰（诗人）

陈忠村是一位固执的诗人，诗人陈忠村的诗歌里面奔涌着一股倔强的"回家"和"纯净"的主旋律，陈忠村也正是用这样一双带着强烈的外乡感和距离感的眼睛来打量都市这个有些荒诞的世界。陈忠村的诗歌里透着一丝寒意，他总是能发现隐藏在钢筋丛林之后的秘密。他的诗歌总会给人一种超乎寻常的异样情怀，清洗我们布满灰尘的心灵世界，主动担当起坚守精神家园和回归诗歌自身的重任。

——黄玲君（诗人、《诗歌月刊》编辑）

陈忠村的诗歌，具有强烈的书生情怀，同时画面感强烈，虚实相间，立意高远，清新隽永，别具一格。既有对历史的沉思和感悟，又有对当下生活的体验和痛感，承接传统又勇于创新，值得爱诗者在"短夜"中消遣、品读！

——小海（诗人）

陈忠村的诗歌，在很多年前就认真读过，也经常看到他发表在刊物上的作品，还有选入不同选本里他个人的精品力作，都受到朋友们的赞许。从这些都可以看到，诗歌对于一个喜欢诗歌的人而言，就像身体与人生相随一样，具有重要性。从这些集结新出版的诗歌来看，他的诗歌一如既往，保留了一个诗歌赤子的情怀。从他的诗歌里，能感受到生活、生命、生存，体会到悟性、人性、诗性。字里行间显示出思考、思索、思想，诗句里流露出真情、真心、真实，作品里也可以看到他的努力、发力、实力。他的诗歌在他的写作过程里实现了精彩，他的诗篇说明了与爱、阳光的对接。

——张绍民（诗人）

记忆让我们的生活琐碎和幸福。匆匆看了陈忠村的《短夜152》和相关文字，很惊讶作者能够在三年的日子里，一点一滴地记录下自己的琐碎生活和与之相伴的诗歌。

很多年前我说过，生活可以因你的生存环境低俗或是浅薄，但是思想却永远要在高处。

虽然我还没看到诗人陈忠村的诗集《短夜》，但是我可以想象在一千多个日夜或更多的日子里，诗歌如生命的底色，始终串结着他的生活或是幸福!

——肖晓英（晓音）（诗人）

陈忠村对生活保持敬畏之心，他的诗歌去触及人性中最柔软最温润的部分。他的写作是低姿态的，面对那些苦难、卑微的生存，他把生活中的苦痛、隐忍和热爱一一记录下来。他带给我们的是简单生活中的深邃，平凡人事当中的诗意美和精神高度，其诗歌具有无法抵制的穿透力，因为他将灵魂深深地扎进了事物之中。他"站在高处，往远处看"，智性的眼睛使深远的事物了然于心。他将世界之夜指给我们，让我们接受诗性之光的照临。

——柳冬妩（诗人、评论家）

陈忠村的《短夜》读后，我认为：日常生活在这里闪现出人性的光芒，它让我们看到了现实生活的煎熬与梦想之间的距离，既刺痛了我们的神经，又让我们的每一个日子——它们存在的价值是多么的重要。有这样的诗作为伴，生活应该是有意义的。

——陈洪金（诗人、评论家）

《短夜》这组诗歌，记录了陈忠村几年来的生活片断和感悟，充满对时代的思考、对时代的人的思考以及生命的思考，不乏思想火花。读之，仿佛打开一扇门，门外时令更替，人生百态，五味杂陈。

——杜青（诗人、画家）

在当代中国，诸多物质废墟不断被推倒重来，更多的精神废墟无人理睬。中国人，特别是那些远离故土、久居城市的中国人，他们的"家园感"也就随着这两重废墟的出现、冲撞、坠落、掩埋，渐渐变得面目模糊，以至于最后产生飘零无依之感。但陈忠村诗歌的有效性就在于，它反映的不是在这种历史境遇下的沉溺与无为，而是对抗，是身处市井之中的诗人，用庞大而有力量的有关乡野的想象与怀念，试图在废墟中重建伟大精神图景的努力。

——肖水（诗人）

陈忠村差不多每一次都用十行左右的简洁、提炼，去叩问情怀中的漫漫"长夜"，他让我们领教了多种事物，那交织在温暖与晦暗里的丰腴。

——陈仲义（评论家、教授）

从《城市的暂居者》到《短夜》，陈忠村一目了然的书写路径，让我们看见了一个成熟诗人调整诗歌方向的决心和才能。他成功打开了自己的视阈，并寻找到一个与外部相呼应的震撼理由和灵感源泉。他在黑夜的隐喻和经验的环境中记录下个体生命的独特感悟，为我们提供了灵魂被抚慰、生存被关照、真相被揭示的有效方式。

——徐俊国（诗人、画家）

"十年前我用淮河水洗脚/ 十年后我的汗水并流黄浦江"……"今晚，我酒后想起在蚌埠的妻子/ 她在给我喂水 捶背……醒来，躺在的上海是别人的/奔波让我们没有足够的时间相聚……"《短夜》用朴素的语言记录了短似夜梦的中国社会变迁和一个异乡人敏锐的内心旅程。"故乡""油菜花""月亮"等词构成了《短夜》的夜晚与白昼，现实与追忆，痛苦和忧伤，给漂流这一人类生存境遇带来了不可多得的迷人的景致。

——李笠（诗人、翻译家）

在陈忠村的《短夜》中，人们所读到的绝不仅仅是一百多首短诗，而更能见到一个如云朵般包含了光和痛苦的灵魂。在这些诗作和创作日记中，作者展示了他的思考、体味和人生的具体事件是怎样丰富地结合，并且孕育出更丰富的声音。毫无疑问，陈忠村的这组诗具有重要的心灵意义（而不仅是文本表层的意义），对作者本人和他的读者都是如此。

——徐钺（诗人、博士）

远离土地的敏感个体厕身浩荡之城所诱发的诸情诸感，使得陈忠村的作品与鲁迅所说的侨寓文学以及八十年代的海上诗派产生了天然的呼应和亲切的共振。在语言的盘山公路向生存峰顶的攀升中，深挚而朴拙的情感努力掌控着心灵的方向盘，而每一次打滑和急刹车，都辐射出缱绻易朽的个体在辽阔的时代境遇中所能承受的丰富的痛楚和焦虑。

——彭敏（诗人、《诗刊》编辑）

陈忠村的诗给人一种强大而持久的冲击力。他的诗歌始终在乡村与城市的矛盾与对抗中使人回望故乡，在理想与现实的冲突与纠结中坚强超拔。而诗歌文本与创作笔记的互证，展示了诗人的创作机缘与价值取向，让我们看到一个怀揣故乡、携着理想、立足现实、扎根生活，在诗路上艰难而执着的朝圣者形象。我要说，忠村君是一位用生命写诗的人！在这个时代，生活太考验人了。走吧，忠村君！"在路上"是奋斗者的宿命！

——文生（诗人、评论家、教授）

陈忠村热情奔放、精力过人，他热爱生活更钟爱文学与艺术（美术），更能根植社会，上苍也定会为他的善举和所爱所感动！

——殷正洲（画家、教授）

忠村的这些诗，让我读到了：一个远离故土，在物质、职称和订单中来回穿梭生活的城市游子；一个赶路者，一个惶惶不敢前进，在城市生活中标注不明的城市人；一个奋斗、挣扎、渴望自由，想绽放更多的人生精彩，与树一起相互取暖的城市人；一个既渴望回到心灵的故乡，回到母亲的微笑中，怀念乡村生活，思念故乡故土，游走于失眠和城市边缘，渴望在自己的内心孕育生出一个故乡的诗人。这是诗人的生命胎记。

——［加拿大］张思怡（诗人）

诗中的精中之精是他多年来用心血供养而成的，而珍中之珍中的诗则是他心灵禁区的窗和灵魂深处的隐匿，甚至就像他的眼睛那么值得珍视。所以，他才会呈示在他视觉中最显著的位置，而那重中之重的152首诗则是这部诗集的主体。试想一下，诗人陈忠村用一千多天打造他的"短夜"系列，可见，他对其"夜"之"短"的眷恋和思念。当然了，眷恋只是回忆的层面，而思念也限于情感的层面。其实，说句心里话，诗人是不希望"黑夜"重现，即便是再短的夜。这是诗人陈忠村心灵的境界，那种萦绕不散的情感，浸透在诗的字里行间，成为他的骨骼、筋脉、血液，成为他的灵魂、语言、感受；成为他的信心、勇气和希望。这儿，这是他的诗永恒在心灵的诗。

——谢幕（诗人、评论家）

陈忠村的打工诗歌是体现城乡文化冲突的"文化性诗歌"，在大都会的文化体系里，他感觉到自己难以融入，有异乡人的痛楚，是打工者在都会里所强烈感受到的文化身份焦虑。忠村就是这样一位有代表性的年轻诗人，他的诗歌是"打工诗歌"的代表，而且他本人也是"打工诗歌"的精心维护者。

我们在现代中国诗歌里看到是，为了追赶世界先进诗歌水平，以及建立现代民族国家而到处呈现的时间性焦虑；而我们在当代中国诗歌里读到的却是，为了摆脱"文化殖民"、构建民族主体而频频抒写的空间性焦虑。换言之，如果说现代中国诗歌汲取外来资源是为了使新诗"现代"起来的话，那么当代中国诗歌则在思考如何从我们自身传统中获取现代资源和价值支撑，并最终使中国文学走向世界。但是，我们在忠村的诗歌可以看到的是两者的贯穿性，看到了百年新诗的主要矛盾在他这里得到了集中的展现，由此，我们也再一次看到了安徽人文化传统里的变通与创新精神。

——杨四平（评论家、教授）

陈忠村的诗：这是漂泊于城市的生存者的心像，于大上海的语境之中，仍蕴含着乡土的灵魂。是落花的悲伤，变成虫的遐想，以及故乡风俗与乡思，当下面临的困境，对自由的追寻。诗中有诗人对生存的体验，在词与物之间渗入心灵的感受，客体与主体的相融，有其动人之处。

——韩作荣（诗人、中国诗歌学会会长）

《大学语文》中关于陈中村诗歌的评述

穿行在上海的外乡人
陈忠村

月色很凉像农村屋檐下的秋雨
今夜。相信自己活着
整个身体的血都在工作
上海，我是穿行你体内的外乡人

金茂大厦第1876块玻璃是我安装
卢浦大桥第3216根钢筋是我绑扎
苏州河边第121个垃圾桶是我清理
希望是高楼在黄浦江中飘动的倒影

兄弟的磨牙声常在夜里惊醒我
上海，能给我们的太少
挤在一张床上休息
翻个身。继续睡觉

我能做到的就是爱你
如果有一天你想赶我走
就厌倦地斜看我一眼
露水消失的时候会离开你的体温

感受作者

陈忠村，原名陈忠强，中国作家协会会员和中国美术家协会会员，安徽萧县孙庄人。1992年开始用笔名陈忠村发表诗歌，暂居城市谋生。陈忠村是20世纪中国"70后诗群"重要诗人之一，"打工诗歌"中坚诗人及精心维护者之一，善于丹青与设计。出版诗集《红信封》《蓝港湾》《黄月亮》《一株站着开放的花》《壁画中流淌的河》和《城市的暂居者》等。主编或合编《诗风》《蚌埠诗选》《安徽现代诗选》《中国网络诗歌100家》、《中国网络诗歌年鉴》《2002诗歌选》《中国打工诗歌精选》年鉴、《波涛下的花园——中外名家现代诗技法鉴赏》《诗·城——新城市十年诗选》等。

洛夫说："忠村的诗可以用来洗涤世人喧嚣、疲惫的心灵，给予灵魂更美的空间生活。忠村对诗的热爱、执着已达到痴迷的程度，真不愧为诗的圣徒。" 默默说："忠村是我在诗坛上少见的几个诗歌圣徒之一，他很虔诚，对诗歌非常赤诚、敬业，他在繁忙漂泊的工作当中，还坚持不懈地写出那么多诗。第一次见到忠村，我想起约伯，就是追随上帝的那个圣徒，上帝让他受尽了惩罚，让他家败人亡，让他浑身长满脓疮，目的是为了考验他。忠村的上帝就是他的诗歌，他是诗歌上帝称职的圣徒。"由于陈忠村对诗的热爱、执着已达到痴迷的程度，被诗坛誉为"诗歌圣徒"。

正文解读

随着改革开放的深入，先是中国南方掀起了波澜壮阔的"打工潮"，后来是"北漂"、"沪移"等，导致上亿人的流动，波及千家万户，成为一个时代浩瀚的人文景观。千百万打工者背井离乡，以汗水泪水血水，以青春生命，在屈辱中抗争，在绝望中梦想，在迷茫中求索，谱写了一个可歌可泣的打工时代。拥有打工和写作双重身份的他们，有理由记录下这段历史，让同时代和后来者更深刻、全面地了解这个身处社会边缘的群体。

"打工诗人"是诗人中特殊的一族，乃至可以说是"诗人中的诗人"。因为他们始终怀抱美好的理想，跋涉途中，用文字的温暖照亮心灵，用漂泊的青春抒写梦想、吟唱生活，为千百万打工者树立了一面与命运抗争的旗帜："月色很凉像农村屋檐下的秋雨/今夜。相信自己活着"。

诗人是从流水线上成长起来的"打工诗人"，因为追求清贫的诗歌梦想，他们所遭受的苦难甚至比一些普通打工者还要多。然而，因为有了诗歌精神的照耀，他们远离了迷茫和黑暗——"我能做到的就是爱你"。这种复杂纠缠的爱，是通过"月色很凉像农村屋檐下的秋雨"这一自然现象而生发出来的。月光虽然很平常，但对打工诗人来说，那也是一种真诚的景色与期盼。相信自己是诗人活着的理由，无奈中"我"只是外乡人、打工者。但"我"不仅能做到安装玻璃、帮扎钢筋、清理垃圾，更能做到的——就是爱你。

正如叶延滨所说："打工之痛是嫁接之痛，成千上万的人离乡背井，到城里打工，他们低廉的收入，成为中国高速发展的低成本和引入外资的高诱惑；他们不再是农民了，但移民变成城市主人，还要用血汗去换取这个资格，这就是嫁接的创痛。正因为如此，我们才有理由说，打工诗人每时每刻感受着时代的脉搏，一种痛苦与希望并存的现实生存状态。"李敬泽也说："他们有过的泪水，喜悦，疼痛。那些辉煌或者卑微的念头，被月光照耀，在诗歌之中闪烁永恒的光芒！"

本首诗的内容让人回味，月色、秋雨、工作、磨牙、翻身、爱等包含健康的、活泼的、催人奋进的内容或者说是韵味。同时，本诗的语言很丰富，有张力，通过语言为媒体直入诗歌内在的美感。

拓展性阅读导航

1. 梁小斌：《一幅壁画的守望者》，载《星星》诗刊2005年第10期。

该文认为，中国诗坛上风格各异的诗歌形象，实际上是中国诗人漫无边际的乡土情结的再现，我们有时忘却了这种关系，但陈忠村没有忘记，如同他在诗中的描述。陈忠村作为远离乡土的游子，开始他的生活跋涉和诗歌历程，陈忠村的诗与当下时尚诗歌内容有明显不同，他是放在平面的角度，而不是深入的描述，在平面上使艺术和生活自然吻合，我认为20世纪70年代的诗人们的确承担着诗歌形象再创造的历史使命。

2. 葛红兵：《诗歌里的大地》，见陈忠村的《城市的暂居者》上海文艺出版社2007年版。

该文认为，陈忠村来自农村，到了城市，过一种流域的生活，始终感觉跟城市之间有一个鸿沟，而跟乡村又隔着更大的沟，但是精神上联系却更加紧密。忠村实际上继承了中国现代诗歌一个很重要的传统，这个传统就是"流域性"。

4. 梅丹理（美国）：《陈忠村印象》，见《城市的暂居者》上海文艺出版社2007年版。

该文认为，陈忠村为我们带来了这么一种不可忽略的声音：因为来自底层，故有朴拙的感染力和现实冲击力；因为来自一个文雅而不带盔甲的心灵，故坚忍中不缺巧思。《一条河在壁画中流淌》中，写到河边松树的树脂，又是泪水的相似物，又是凝结的时间感，正因为不动声色，才能抓到这种难得的意象。

（朱力撰稿）
原载《大学语文》（人民教育出版社，2009年）

活着，让日子充满诗意

尼采的《悲剧的诞生》中，酒神精神的潜台词是：就算人生是幕悲剧，我们也要有声有色地演这幕悲剧，不要失掉了悲剧的壮丽和快慰。

我很荣幸我能写诗，更荣幸的是别人叫我一声"诗人"，我活着很难，像诗一样活着是我一生的愿望！阅读与写作是我体内的动脉与静脉，我热爱艺术，对它们就像对待我的血液一样珍惜和爱护。它们是我生活的重要部分，是我体内流淌的血液。"天地与我并存，而万物与我为一"，我把艺术当作佛用来洗涤世俗的心灵，以善良、宽容的内心去亲近自然，它们牵动着真正的"我"，我反复强调"它们"，从中寻找自己的家园。写诗是我的一种倾诉、一种祝愿、一种生存的见证，甚至于是维持生命的一种理由。有时候我承受着严重的物质贫困和尖锐的生活断裂，摆脱不了被自己的现实抛出的感受，内心深处始终储刻骨铭心的创疼，只有寄情于诗歌，借助于自己语言的通道重返精神家园。

真正的幸福是诗人真正的苦难。祖母，躺入黄土长眠的我的祖母，那长满青草的土坟让我长跪不起；母亲，那远在乡下勤劳的母亲，繁华寒冷的城市里穿着你寄来的布棉鞋，温暖了我的整个冬天；妻子，异乡守候善解人意的我的妻子，我想用文字来形容你，然而却找不出能形容你的词语……我用过很长的时间，孤独地面对，甚至是孤独到绝望地面对内心的世界。但孤寂过后，我得到了生命中的真情。时间让我拥有一份自由的成熟，善让我拥有月夜下的温暖，美让我拥有一份七色的光，生活让我拥有一片淡淡的清香，感谢生活——感谢生活中的母亲（指生活中善良的女性）。

写作，让日子充满诗意！没有谁比我更了解陈忠村，20世纪70年代出生在安徽萧县孙庄，90年代求学于蚌埠，中专毕业后，一边努力工作，一边坚持写诗和画画，一边创造学习的机会。生活中遇到很多贵人相助，才有今天这份工作，才有读书和写作的机会。活得艰辛但充满诗意。

诗歌是我的身体的血液，我认为它有三个原则：首先是诗歌的内在温暖原则，要满足自我心灵的颤动；其次，诗歌是用无呼吸的文字，组成有生命、带脊梁的句子或整首诗；最后是诗歌中的"我"活在"文字"中，要把别人带入一个不用眼睛看，而用心在翱翔的境界。

画画是我彩色的诗歌，自己创建"传混达魂"水墨画的美学观点。传混达魂即，混生黑白，黑白生三色（红、黄、蓝），三色生百象，百象只是呈现魂的一种生其心的符号，在成千上万个不同魂的境遇中，自我解蔽后重生自我。美术作品《汉划》系列成功在上海世博会荷兰国家馆展出，作品多次入选全国美展并获奖。

写诗和画画是我自己的两种活法，有生之年永远继续——艺术养活不了我的血液时，我愿用我的血液养活艺术。